可惜不是我陪你到最后

|一个男人的逃婚日记|

日照老卡 著

百花洲文艺出版社
BAIHUAZHOU LITERATURE AND ART PRESS

图书在版编目（CIP）数据

可惜不是我，陪你到最后：一个男人的逃婚日记 /
日照老卡著．— 南昌：百花洲文艺出版社，2016.8
ISBN 978-7-5500-1839-6

Ⅰ．①可… Ⅱ．①日… Ⅲ．①长篇小说－中国－当代
Ⅳ．① I247.5

中国版本图书馆 CIP 数据核字 (2016) 第 170047 号

可惜不是我，陪你到最后：一个男人的逃婚日记
日照老卡　著

出 版 人　姚雪雪
责任编辑　余丽丽
封面设计　仙境设计
出版发行　百花洲文艺出版社
社　　址　南昌市红谷滩新区世贸路 898 号博能中心 A 座 20 楼
邮　　编　330038
经　　销　全国新华书店
印　　刷　三河市兴达印务有限公司
开　　本　880mm × 1230mm　1/32
印　　张　11
版　　次　2016 年 11 月第 1 版第 1 次印刷
字　　数　216 千字
书　　号　ISBN 978-7-5500-1839-6
定　　价　38.00 元

赣版权登字：05-2016-221

邮购联系　0791-86895108
网　　址　http:www.bhzwy.com

自序

十年前以为，七年之痒不过是一场跟己无关的空洞表演，就算全世界都离了婚，自己的婚姻也会在硝烟中完好如初。

七年前以为，七年之痒或许只是一部人生必修的新华字典，就好像讨厌的流感一样，虽已明知避之不及，但吃药打针后依然深信自己能笑到最后。

五年前，也就是 2011 年年初，当我按捺不住想要写这个故事的时候，已经结婚六年，那时彩虹已经褪去赤橙黄绿青蓝紫的华丽外衣，只希望从柴米油盐酱醋茶中咀嚼到生活的真谛。记得当时很想给故事起一个名字叫《七年之痒》，但又害怕俗到内伤，以至于让人根本就拾不起阅读的欲望，毕竟再迟钝的味蕾也能轻易地从这个名字里品尝到其中的荒凉。

——或者感同身受，或者早已麻木不仁。

于是，故事刚刚起了个开头便戛然搁笔。因为写着写着突然发现，当时平淡的生活实在挤不出半点佐料，更无法容忍自己在白开水里肤浅地自圆其说和自我安慰，这也与我的写作初衷背道而驰，我更希望自己能给大家写一个不一样的七年之痒，写一个七年之痒的快意江湖。

由此可见，我该有多害怕平淡，又该有多讨厌平凡。

转眼又是一年过去，2012年重新拾笔，在那一年里生活涛声依旧，心情却越来越陷入了莫名的恐慌，每天反反复复，就像一个迷了路的孩子，在苍茫的夜色里焦灼不安，也不再去想、更没有了力气去为了取悦他人而写作，只是想单纯地记录点滴，在矫情和抱怨中赶上回家的末班车。

就这样，直到2015年，这个故事前前后后写了将近四年。

四年时间虽然不是很长，但如果把它记录下来，可能会需要一生。比如说一个微笑、一声呢喃，甚至是海滩上突然绽放的一束烟火，那些已经定格在时光长廊里的人或事如果重新拾起，都可能会毫不犹豫地把我们打回过去，即便那个世界已经遍地荒凉、满目疮痍，可那里也同样有过青绿的春、绚烂的夏、火红的秋以及安宁的冬……

在这四年当中，一位朋友曾经喝醉了跳脚抓狂过：谁的人生不是一本书？

我想我能理解他的意思，那就是每一个七年之痒的背后，都在上演着一个活生生的故事，绝无分号；每一个七年之痒里流淌的都是一部《永乐大典》，而跟《新华字典》无关。

在这四年当中，还有一位朋友跟我摇头苦笑：我知道我这一辈子都不会嫁人。

我的心微微一缩，默不作声地看着她，突然看到了自己，原本以为生活只是一场华丽的表演，是一着拆不破的珍珑棋局，直到那天才发现从此再无空洞，唯有此生不渝。

在这四年当中，我的女儿也渐渐长大，从调皮捣蛋到乖巧可人，接下来等待她的可能还有成长的烦恼、初恋的羞涩，或者是七年之痒，但那是她的此生不渝。此时此刻，我只看到她正睡得香甜，橘黄色的灯光映在她的脸上，嘟嘟的小嘴，长长的睫毛，就好像一个纯真无瑕的天使。

最后，我想把这个故事送给我的女儿。

同时献给，曾经出现在我生命中的每一个人。

日照老卡

2016 年 2 月 1 日

目录 CONTENTS

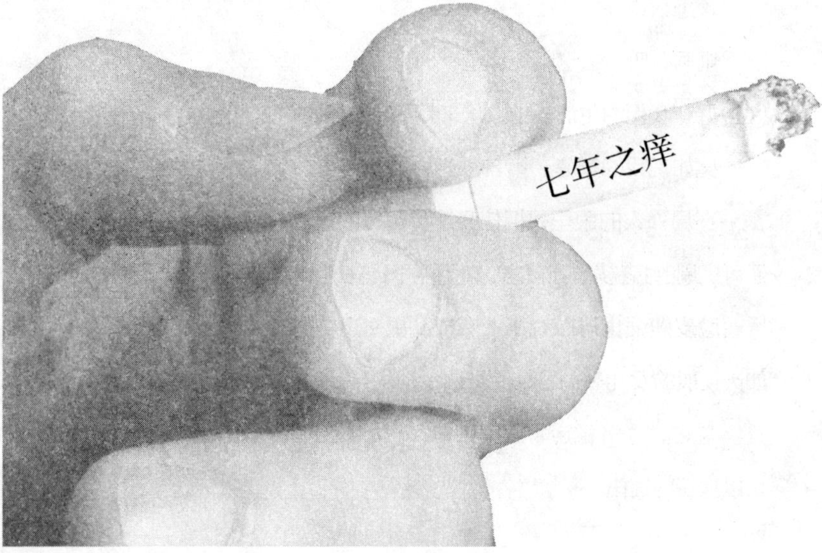
七年之痒

2012 年 02 月 15 日

好吧，我坦白。

对于自己现在的婚姻生活，其实我已经失望到了谷底。

该怎么说呢?

呵呵，听上去这倒更像是一个笑话。

好在我们的生活当中，从来都不缺乏如此的黑色幽默。

比如说我的家庭。

在局外人的眼里，相信我这种类型的家庭组合无疑是幸福而又无可挑剔的:老婆漂亮贤惠、精明能干;老公呢，生意不错，顺风顺水，厚着脸皮勉强也可以说事业有成；更幸运的是，我们还有一个可爱如天使般的女儿……

总之，经济稳定、家庭和谐，一切看上去都很美，找不到任何可以抱怨的理由。

可是最近一段时间，确切地说是这半年来，我时常会陷入一种莫名的烦躁心慌之中，而且其出现的频率之高足以让人抓狂、撞墙，偏偏头昏脑热之时又禁不住去浮想联翩，那就是我经常在想，人过三十天过午，也许赶在苍老到来之前，我们应该结束这一段看上去很美的婚姻。

是的，结束这糟糕的一切！

——对于一个35岁的男人来说，这绝非一时冲动。

六年恋爱、七年围城，十三年的长相厮守，这是我和张梅已经走过的路，在这四千七百多个日日夜夜的生活胶片中，我们一路携手同行，相互取暖、彼此忠诚，亦没有不可调和的矛盾，我甚至以为这就是传说中的天长地久，以为我们一定会阿弥陀佛修得正果，可惜最终还是落了俗套。

是谁说的：任何感情都经不起平淡的流年？

每天起床、上班、吃饭、回家，每星期固定地做一次爱。不知从什么时候开始，我们的生活俨然变成了一台永远都不会出错的电脑，启动、运行、关机，即使偶尔蓝屏或死机，可是重新通电以后，一切又开始照旧。

如此反复，平淡得可怕。

有人说这是七年之痒，也有人说这是审美疲劳，其实不管它是什么，原来它们如期而至时总是剑指死穴。我们可以不承认，但是闭上眼睛骗不了自己，当时光匆匆飞逝，当激情渐渐消失，当那些神魂颠倒的爱情不再是生活的主角，我们是不是都有点累了？

至少我是失望的。

我想张梅也不会反对吧。

2012 年 02 月 16 日

佛说，生活本来就是平淡的。

是的，高山无语，深水无波，再绚烂之极也终究会归于平淡无奇。

可是沧海桑田芸芸众生，卑劣如我不过是一介凡夫俗子，既无慧眼又无慧根，更是自知每天二十四小时与佛祖绝缘，所以与那冗长乏味的平淡相比，我更害怕的是它的背后到底会潜伏着什么。

也许是漠然。

似乎大多数婚姻都会有这样一个过程：恋爱时，一见面就亲嘴；结婚后，一见面就斗嘴；再发展到最后两个人就好像商量好了似的，下班一回到家都不约而同地闭嘴——原来吵架有时候都是要讲究缘分的。

也许是背叛。

灯红酒绿世界，七情六欲之人，家里吃不饱，外面碰上饭，诱惑面前男女半斤八两，而且大抵都会那么的不堪一击，接下来的续集就是开始争吵、相互谩骂攻击，然后用尽银河系中一切恶毒至极的语言来伤害对方……

我们的生活本来就存在着无数种可能。

所以，从现在开始，我要记录下我们的生活点滴。如果手里的婚姻果真已味同嚼蜡、病入膏肓，那么与其继续困苦跋涉等待腐烂变质，不如赶在天黑之前好聚好散，或许还可以潇洒如《非诚勿扰》里的李香山和芒果，“散买卖，不散交情。”

相呴以湿，相濡以沫，不如相忘于江湖。

2012年02月17日

晚饭。

芹菜肉丝、清炒山药、紫菜蛋花汤、黄瓜咸菜条。

如果没什么值得庆祝的节日，三菜一汤总是我们饭桌上的主旋律。咸菜条是我的最爱，紫菜蛋花汤则是张梅的美体秘籍。我这人对汤一向没什么概念，正如张梅对咸菜也没什么好感一样，所以女儿现在成了我们的混合体。

每次开饭，我总是劝女儿吃点儿咸菜，而张梅也总是忙着给她盛汤。

其实有很多次看到张梅盛汤时，我总有一种想把碗碟抢过来的冲动，然后毫不客气地告诉她：我不是不喜欢喝汤，只是不喜欢喝紫菜蛋花汤而已。可是每次话到了嘴边，又被我硬生生地咽了下去。

因为，我怕张梅也会抢走我的凉菜碟子，然后用同样的表情告诉我，她不是不喜欢吃咸菜，只是不喜欢吃黄瓜条。

我赌五块钱，以我们两个人十几年的笑傲江湖，她肯定会如此反击。

所以吃饭的时候，我已经习惯了闭嘴。

因为，除了咀嚼的功能外，我们的牙齿还可以随时随地扑上去咬对方一口。

其实说白了，夫与妻大概本来就是矛和盾，你有多锐利的矛，我就有多坚固的盾，唇枪舌剑、你来我往，当谁也不肯认输、谁也不想认错的时候，此时的我们就成了名副其实的自相矛盾。

当然，也可能每一桩婚姻本身就是自相矛盾。

开瓶酒吧，我突然心血来潮。

张梅诧异地看了我一眼，怎么了？

我开了个玩笑："明天你不是出差嘛，祝你一路顺风。"

张梅转过头看了看身后的酒柜，回眸莞尔一笑："说的就跟漂洋过海似的，一两天就回来了至于嘛！你也别喝了，天天在外面应酬，好不容易在家吃顿饭还要喝，这样下去身体怎么能受得了？”

女儿听了，也在边上跟着起哄：“不许爸爸喝酒，爸爸是一个大酒鬼！”

我难为情地摸摸女儿的小脑袋瓜，无声地咧了咧嘴角。

你看，要不人家都说还是老夫老妻最实在。

这事儿如果放在十年前，此时的张大美女自然会心花怒放、摇曳生姿；我呢，帅哥吴大概也会扮演摇尾乞怜，像条小狗一样哄自己的女朋友就范。可是走过了十年河东，来到了十年河西，当彼此不想再去迁就的时候，现在老吴唯一能做的就是，苦笑着看着那瓶大难不死的红酒，仿佛一个没讨着饭的叫花子。

很显然，张梅是为我着想。

那么我呢？

日行千里路，难解儿女情，我又错在哪里？

所以，我想唯一的可能就是我们的生活节拍已经出现了问题，你我彼此敏感的神经末梢已经坏死，于是大合奏变成了二重唱，你走你的C大调，我走我的G小调，曲调无法相交，浪漫又该从何弹起？

算了，洗洗睡吧。

2012年02月18日

午饭后，办公室。

无聊地打开QQ，无意间发现一个女同学的QQ签名改成了“无处安放的婚姻”。

有些愕然，不过顿时又释然起来，甚至多少还有些幸灾乐祸。

——看来很多衣着光鲜的婚姻背后，果然都埋着一个个不可告人的同床异梦。

正如我的这位女同学。

他们夫妻两个人从小在一个大院里长大，可谓两小无猜、青梅竹马；又同是旱涝保收、派头十足的公务员，老公更是一个肥得流油花儿的猛差儿，可是袜子破了只有脚知道，当风光旖旎成了假象，背后实际上已经枯竭、干裂、扬沙，如同二百年不遇的大旱时，QQ签名就成了无声的抗议。

于是，我跟她聊天，想过离吗？

她回：不怕你笑话，吵过无数次，打过无数次，也想过无数次。可是离了又怎么样？孩子怎么办？父母怎么办？到时候亲戚朋友们又会怎么看？

我回：懂了，你是圣人，牺牲你一个，幸福千万家。

她笑：你少跟我贫，其实我就是想明白了，也算是看透了吧。你说我们现在这个社会谁会跟谁认真呀？就算再找一万个老公又能怎么样？一旦度过了蜜月期，大家还不是重蹈覆辙？所以不想再去折腾了，没有心情更没有勇气去折腾。

“既然徒劳无功，唯有逆来顺受！”

我逗她：那就变通一下，找一个情人呗！

她回：不怕你笑话，我还真是从网络上找过，但是最后临见面的时候还是打了退堂鼓。

“为什么？”

“可能是对自己没信心吧，久旱逢甘霖，心荒芜了那么久，你说万一到时候真陷进去了怎么办？万一被老公堵在被窝里又该怎么办？”

……

作别女同学，我站在窗台前陷入了沉思。

是啊，万一真陷进去了怎么办？

不能自拔之时，就是万劫不复之际，到人赃俱获那天，我们的人生又该怎样谢幕？

想着想着，我情不自禁地想起了张梅。这个时候她在干什么？会想起我吗？对于我们现在一潭死水的婚姻，她又该会如何定义？她有没有想过离开我？甚至是跟我的这位女同学一样，某一天她有没有过要出轨的冲动？

想到最后，我情不自禁地笑了起来。

Why not？

这是一个最好的时代，也是一个最坏的时代。

男和女，你和我，茫茫人海，浮华世界，大家都在社会上翩翩起舞，食五谷杂粮，浸人间烟火，谁的身边没有几个鞍前马后的忠实粉丝？你天天在家里冲我翻白眼，可萝卜爱大蒜，各花入各眼，外面还有大把大把的人觉得我含苞待放呢，反正最坏的结局也不过是坑你点儿 come on baby！

更何况，男人和女人本来就是出自同一个母体。

既然大家都是鸡蛋，那么碰到合适的温度就会孵化展翅，就会远走高飞。

唯一不同的，我想大概就是关键时刻女人会用脑袋去考虑问题。

当然，男人也用脑袋。

不过，是另外一个脑袋。

2012 年 02 月 20 日

晚上，应酬。

客户属于那种老少皆宜的花花大少，每次饭局必有风月相随，这次自然也无例外。

当我赶到饭店时，花花大腆着肚皮左右开弓，正和两位美女打得火热。据其介绍，此两女远非池中物，其中一个还是某某艺术院校的音乐生。我说那你唱歌一定很好听吧？花花大少顿时眼冒妖光，跟着在边上起哄，说那还用说，肯定是婉转起伏，高潮迭起喽！

这话有些下流，不知道女孩是单纯还是假装单纯，居然还谦虚着说一般一般。我一口茶水天女散花，笑完之余又情不自禁地细细打量了她几眼，额头光洁如玉，乳沟深不见底，肉香扑鼻而来。

这些年在商海里摸爬滚打，我已经习惯了这种逢场作戏，也跟形形色色的女人打过交道。在她们之中，有的爱上了我的钱，有的爱上了我的人，花花大少经常嘲笑我不懂生活就在这里。

是啊，人生苦短，必须性感，谁又在乎你活得是对还是错呢？

说起来好笑，有几次看到花花大少凶悍地攻城拔寨时，我心中竟渐生自卑，甚至还隐隐约约有点儿恨他，心想这个老家伙钱不如我多，长得也不如我靠谱，可是活得竟然比我还逍遥快活，感觉自己吃了大亏。

于是，每当愤愤不平的时候，我总喜欢化身为一位装B青年，自我怜惜，自我质询：像你这样闷骚无限的男人，不远万里，守身如玉，这到底是一种什么样的精神？

病！

吃完饭已经快九点了，国际惯例，接下来的节目已经没有字幕。

不过，我还是谢绝了花花大少的福利。

不是矫情，不是虚伪。

从根本上说，我还是一个传统的男人，依然保留着传统的价值观，所以不喜欢那种毫无感情的性爱。

“一二三四，二二三四，翻过身来，再来一次。”

与这种机械的活塞运动所带来的快感相比，我更害怕高潮瞬间释放后的那种空虚，当欲望如落潮般一泻千里，眼前一片灰白，只有你赤身裸体地仰在床上，翕动着腮，大口大口地喘着粗气，是不是一条搁浅濒死的鱼？

今天晚上的星星很少 / 不知道它们跑哪去了 / 赤裸裸的天空 / 星星多寂寥 / 我以为伤心可以很少 / 我以为我能过得很好 / 谁知道一想你 / 思念苦无药 / 无处可逃……

汽车 CD 里缓缓传来辛晓琪的《味道》，我心情落寞地开着车，马路两边高楼林立、万家灯火，传说中每一盏灯光下都有一个温暖荡漾的家，可是此时此刻，我却像一条无家可归的野狗一样在这个城市里游荡着。

你在找什么？

或者说，从什么时候开始，你已经厌倦了这样机械地回家？

如果马路没有尽头，如果明天不复再来，在这条路上你可否愿意就此结算自己的一生？

我在心里不停地问着自己。

这时候，电话响了，张梅发来短信问我："你大概什么时候回来？"

看着冰冷的手机屏幕，僵硬的寥寥短句，就好像被谁黑灯瞎火地暴揍了一顿，我的心一沉二沉三沉四沉，突然恶由心生："可能会晚一点儿。"

"什么意思？"

"这个客户比较麻烦，一会儿估计还要加餐。"

"加什么餐？"

"就是一条龙服务喽！"

看着"正在发送中"的短信提示，我无耻地笑了笑。

所谓一条龙服务，明眼人自知其中之真义，不知道张梅这个时候在电话那边儿会气得几窍生烟？接下来是谴责抗议，还是干脆跳脚勒令我立即滚回家？我幸灾乐祸地猜测着，脑海中浮现出她不同版本的生气模样……

可惜，张梅消失了。

是的，简直是岂有此理！

十几分钟后，看着毫无回应的手机，我把方向盘拍得山响，有一种不被重视的愤怒，有一种想破罐子破摔的冲动，五味杂陈，攥拳咬牙，没想到面对如此赤裸裸的挑衅，她竟然直接选择了无视。

合上电话，我索性掉头朝马路尽头的一家商务酒店驶去。

好吧，那就让暴风雨来得更猛烈一些吧！

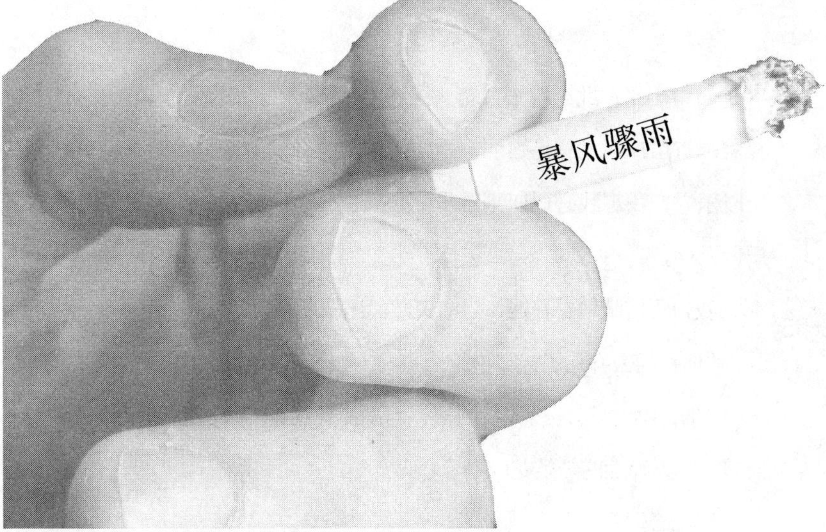
暴风骤雨

2012年02月22日

暴风雨说来就来，快得让我措手不及。

次日上午，公司。

刚刚开完例会没多久，办公室的门突然被推开。

我抬头一看，长发魔女，张梅。

看得出来，此时的张大魔头已经彻底抓狂，不然不会连敲门的礼貌都省略掉，尤其是她那一副如手术刀般锋利的眼神，如果目光可以杀人，我想我必已血溅五步；如果目光可以吃人，此时我定已尸骨无存。

我目不转睛地看着她，心中突然涌出一股报复的快感。

“你昨晚去哪儿了？”

“哦，不对。”还没等我回答，她又冷笑道，“其实我应该问你，吴总，昨天晚上的一条龙玩得开心吗？”

我起身去饮水机前给她倒了杯水，挂着一脸外交官般的微笑，说道：“昨天晚上散场的时候已经太晚了，怕打扰你休息，所以陪客户住的酒店。”

“哟！真是让人感动，什么时候跟我这么客气了？”她阴阳怪气道。

“一直都很客气呀，距离产生美嘛！”我嬉皮笑脸。

“不是一条龙服务吗？跟谁呀都？”她继续一副老佛爷的腔调。

“当然是跟我自己啦。”

“一个人？确定？”张梅从头到脚地打量着我，仿佛扫雷。

我抬起双臂，笑道：“要不现在脱光了检查一下？”

说实话，其实昨天晚上我很快就后悔了，在酒店登记入住没多久，慢慢就冷静了下来，然后多多少少有了想撤的念头。是啊，抱怨也好，郁闷也罢，又怎么了？这不就是我们该死的生活吗？这些年我们不一直都是这么过来的吗？

后来，我开始不断地说服着自己，心想只要张梅再来电话，或者哪怕只是一条短信，就立刻起程回家，可最后手机都快要被我捏烂了，一直等到凌晨都没等来她的只字片语，再后来就迷迷糊糊地睡了过去。

第二天早晨醒来，手机上有五个未接电话，都是张梅的，最早的一个是早晨五点左右，我本想给她回拨过去，但是坐在床头想了半天，还是算了吧，夜不归宿这种原则性的问题，又怎么可能在电话里说清楚呢？

何况，跑了这么多龙套，我也想跟她谈谈了。

2012 年 02 月 23 日

关于沟通。

望闻问切，刮骨疗毒，都说夫妻之间最需要的就是沟通。

头痛医头，脚痛医脚，早请示，晚汇报，没病都可以强身健体。

问题是，当婚姻早已磨平你我的棱角，就连吵架都需要去磕头化缘时，沟通能否还是华佗再世？

突然想起一个经典笑话：

一男一女，恋爱时女孩不小心撞到树上了，然后找男友哭诉，男友顿时呵护备至，柔情似水，“哦，亲爱的，疼吗？”一转眼结婚 7 年了，这天她又撞到树上了，然后又跟老公哭诉，男人把眼一瞪：“你瞎啊！这么一棵大树都看不见？你眼睛长到裤裆里去了？”

所以说，在我看来，夫妻组合大概是这个世界上最不靠谱的搭档。

因为爱走极端。

恋爱时，花前月下，你侬我侬，一分钱都恨不得两个人掰开花；

可是一旦走过春暖花开，似乎所有的芬芳都要抛得一干二净。一件鸡毛蒜皮的小事，一句无关痛痒的废话，甚至是一个微不足道的眼神，都可能会引来世界大战。

有时候想想，为什么？

为什么我们对身边所有的人都可以宽容，但是唯独对自己的另一半斤斤计较？

一个缺点，可以放大，放大，再放大。

又或者是本来早晨不过把鸡蛋煎过了，可是一想她昨天没有什么什么，前天没有什么什么，上个礼拜又怎么怎么，总之是联想，联想，再联想……

最后，连想都不用想，新仇旧恨，爆发！

"酒逢知己千杯少，话不投机半句多。"

于千万人之中遇见你所要遇见的人，于千万年之中，时间的无涯的荒野里，没有早一步，也没有晚一步，这两个极端，我们都刚巧赶上了，那也没有别的话可说，唯有轻轻地问一声："唉！你怎么还在这里？"

等我把牢骚说完，张梅还在沉默。

四目相对，我们面无表情。

"你的意思是说，你已经对我们现在的生活失去了信心？"张梅开始发球。

我点头。

“所以你不愿意回家？甚至都不愿意接我的电话？”

我又点头。

“你所做的这一切，就是因为这该死的平淡？”

我再次点头。

“那你可以直接告诉我，为什么要夜不归宿？！”张梅怒火爆发。

我风情一笑：“这么做，就是想让你记忆深刻。”

2012 年 02 月 25 日

冷战，冷战，冷战，还是冷战。

看来，那“记忆深刻”的夜不归宿，已经深深地打动了张梅，接连两天都没舍得用我。

我也乐个清净，一个字：等。

正所谓：敌不动，我不动；敌一动，我乱动。

这些年，在和张梅数不清的唇枪舌剑中，我早就已经积攒了丰富的临床作战经验。

哦，不对，差点忘了说，这还应该包括同样身经百战、不屈不挠的张梅同志。

综观这几年沙场点兵，我们两个人各取所长，你追我赶，宛如《天龙八部》里那个“以彼之道，还施彼身”的慕容复，可以说已经真正做到了知彼知己，百战不殆。什么时候闭嘴，什么时候瞪眼，什么时候无声似有声，什么时候无刀胜有刀，已经拿捏得炉火纯青。

当然，要想修炼到这种人刀合一、人神共愤的地步，也需要一个漫长的过程。

首先，你要从最温暖的吵架开始练起。

那就是就事论事。

初登战场，新郎新娘衣冠楚楚，娓娓道来：亲爱的，这件事儿你错在哪儿，达令，你哪句话不应该说……全部放在桌面上，就像辩论大赛上的正反方选手，摆事实讲道理，有理有据，赢了还不忘王婆婆卖瓜，自诩是电影《方世玉》中的那个以德服人的“雷老虎”。

然后，时间一长，辩论大赛就会慢慢地失去魅力。

于是，老虎们也会鱼贯而出。

大家赤膊上阵，唾沫横飞，旁征博引，声嘶力竭，张牙舞爪之时，方圆十里已飞沙走石，暗无天日，而一旦到了走火入魔之际，家里的锅碗瓢盆，彩电冰箱，凡是能砸的，每个月都必须让它们新陈代谢一批。

疼吗？

嗯！

所以，最后渐渐地就想通了：砸家具费钱，喷口水伤身，千算万算不如闷头苦干。

这就是享誉海内外的“三不政策”：不对视，不说话，不答腔。

既低碳又环保，人人都是犀利哥。

恭喜，你已经神功告成。

中午，公司楼下的餐厅。

坐在临窗一张长方形餐台前，落寞地检讨完自己的婚姻后，我百无聊赖地打量起周围的食客，对面有一个四十多岁的家伙正在修理一只大虾，不远处坐着一对青年男女，男的侃侃而谈，女的抿嘴微笑，乍一看下，眉眼间竟像极了当年的张梅。

没过多一会儿，又从门口走进来一个眉清目秀的女孩，皮肤白皙，双腿修长，目测至少有一米七，而且从她那身得体的灰色职业套装上分析，估计应该是周围写字楼里的白领。或许是注意到了我的目光，她竟然礼貌地冲我笑了笑，我也连忙点头微笑致意，心不禁“砰砰”地跳了几下。

“再看，再看就把你割了！”

我的耳朵猛然一震。

突然想起十几年前的一个傍晚，那天我和张梅同学在学校对面的一家小餐馆吃饭，恰巧一位波涛汹涌的美女从窗前路过，我只偷偷看了一眼，结果顿时让张梅给打成反革命分子，又是掐，又是拧，还罚我一个礼拜不准穿袜子。

后来，这句话也成了我们恋爱的头条法规。

再后来，那张记满了几十条法规的稿纸，不知什么时候已经下落不明。

就好像我们曾经那让人窒息的爱情。

从餐厅里出来，站在车水马龙的街头，看着步履匆匆、面无表情的人群，我长长地叹了一口气，脑海里突然冒出一个奇怪的想法，你说如果张梅真要是一刀把我割了，那我是不是可以离幸福更近一点儿？

差不多吧，毕竟上下五千年才出了一个东方不败。

而且，都已经死了四百多年。

2012年02月28日

美国畅销书《定终身》中有一句话："婚姻不仅是个人的爱情故事，也是最严格的社会和经济契约。"

我理解这句话的意思，也正如许多人所说，每一桩婚姻都需要用心去经营。

从我们认识那天开始，热恋代表了合作意向，婚姻则是签字画押。

老公老婆，甲方乙方，站在神圣的婚礼殿堂上，你我在上帝的见证和祝福下结合成了合作伙伴，合同的名字叫结婚证书，合同内容：执子之手，与子偕老。

执子之手，一心一意；

与子偕老，一眼万年。

我猜，这大概是世界上最昂贵的一份合同，当然也可能是最艰难的契约，原因如下：

第一，周期太长：一辈子。

第二，收益太少：Only you。

第三，维护成本太高：浇水、施肥、锄草、摘虫……稍有不慎就容易翻船。

第四，违规（不是违约）成本太低：一哭二闹不上吊。

……

当然了，和很多夫妻一样，尽管合同履行得磕磕绊绊，但我和张梅一直都在努力之中。

比如说吵架。

记得有一次战争过后，待彼此冷静下来时，我心平气和地跟张梅沟通，我说以后咱俩再吵架的时候，你能不能给个面子别跟我顶嘴？如果我的话难听，你就把我当成一个屁给放了，否则你来我往、针锋相对，这日子就没法过了。

张梅点头称是，说那以后再吵架，我就离你远一点儿。

我笑，地球有多远，你就离多远。

事实证明，在那以后的很长一段时间内，我们确实和谐了许多，不是不再争吵，而是因为没有对手的战争实在是无趣得很，当你骄纵跋扈、跳脚骂娘的时候，另一方面无表情、无动于衷，然后一路绝尘而去，独角戏的场景要多糟糕有多糟糕。

为此，我沾沾自喜，以为找到了旷世奇药。

后来，我如法炮制：远离妻子，珍爱生命。

但是没过多长时间，我就发现实际上我错了，大错特错！

因为它并不糟糕，而是致命。

是的，当你做错了的时候，不认错。

当你被冤枉了的时候，不辩解。

唯一的选择就是：闭嘴，离开。

积怨由此拉开帷幕。

时间一长，你我之间的冷漠如同细菌一样开始疯狂地滋长，先是悄无声息地爬上墙角，接着不知不觉地跃上枝头，而当我们醒悟的时候，会突然发现它已经铺天盖地地织满苍穹，可惜这个时候我们已经成了掉线的木偶，成了漠然的路人甲乙丙丁。

于是，第三次世界大战指日可待。

2012年03月01日

张梅的牌，在我们冷战后的第二天下午发来。

“老公，晚上七点，XX餐厅，不见不散。”

不见不散，我慢慢踱到窗前，看着窗外阴沉的天空，一只越飞越远的飞鸟划过天际，我小心翼翼地咀嚼着这条短信，一字一句，说不出是该高兴还是该难过。

如果说高兴，那是因为张梅打了一把温情牌，她依然爱我，依然在乎我的每一个感受。

如果说难过，那是因为张梅一定比我更难过。

是的，事情搞成现在这种局面，我知道张梅一定比我更难过，更迷茫。

为什么曾经的海枯石烂会变成今天的相对无言？

为什么短短几年，我们就被平淡流年干得人仰马翻？

是因为沟通得太少？

还是我们索求的太多？

写到这里，突然想起前几天从网上看到的一个数据：“从上世纪70年代末开始，我国离婚人数和离婚率持续上升，近7年来增速明显，从2005年的1.8%上升到2011年的14.6%。其中在离婚夫妻中，80后占的比例最大，接近四成，且有九成的夫妻双方都是独生子女……”

从门可罗雀到车水马龙，爆发的离婚率背后，原来我们的身边早已满目疮痍、腐尸遍野。

这其中除了缺乏沟通，我想还因为我们身边已经潜伏了越来越多的敌人。

比如说：寂寞、诱惑……

俗话说得好，“男人经不起诱惑，女人耐不住寂寞。”

试问一下：在这个小三满天飞，夜郎遍地走的年代，处女成了老土，情人成了时尚，有哪个男人能抵抗得了那两条突如其来张开的大腿？又有哪个女人能坚守住比一生还要漫长的那一夜凄凉？

我们每个人，都有罪。

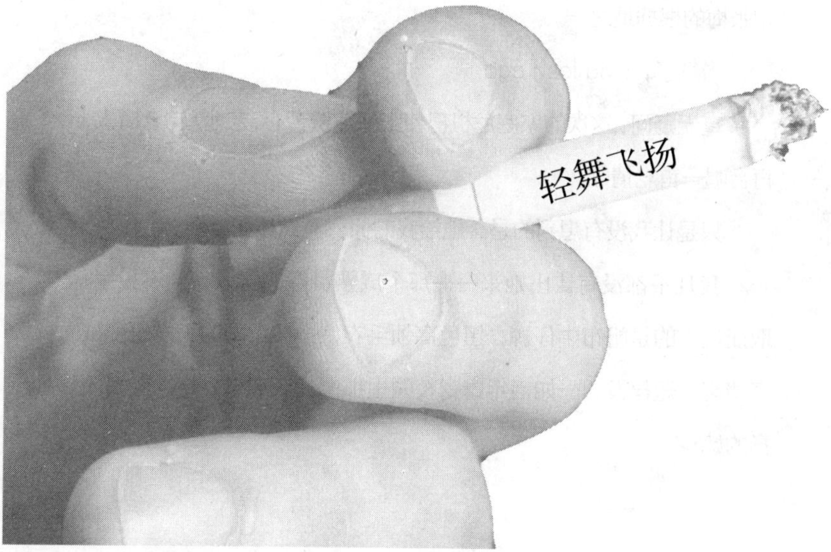
轻舞飞扬

2012 年 03 月 02 日

XX 餐厅。

这是一家很不错的西餐厅，烛光摇曳，玫瑰飘香，也曾经是我和张梅的根据地之一。

当然了，long long ago。

毫无疑问，这次的家庭危机已使张梅煞费苦心：老地方、老情人，再合唱一首老情歌。

只是让我没有想到的是，她给我的惊喜竟然还在后面。

我几乎都没有认出她来——那个成熟贤淑的女人完全不见了，取而代之的是帆布牛仔裤，黑色高领毛衣，一头柔顺的长发也变成了清爽的短碎发，一如当年青青校园里那个让我魂牵梦绕、轻舞飞扬的她。

轻轻飞舞吧 / 轻轻飞舞吧 / 生命随着歌声在飞扬 / 你永远在我柔软的心房 / 轻轻飞舞吧 / 轻轻飞舞吧 / 轻轻飞舞吧 / 轻轻飞舞……

我完全惊呆。

看着那个坐在落地窗前，单手托腮，静静地看着窗外发呆的女子。

恍如隔世。

“干吗？不认识了？”

“看着真是面熟，请问贵姓？”

张梅抿抿嘴角，调皮地看着我 :“吴，吴太太。”

“吴——太——太——”我故意拉长了声音，一本正经地夸道，“这名字好，真大气，谁给你起的？”

我话还未说完，张梅已笑得花枝乱颤，看得我微微一怔。

我得承认，尽管已经三十二岁了，可是张梅依然动人。其实在学校时她就是出了名的气质美女，追求者甚众，还常常有猛男为她打破头。虽说现在青春已逝，芳华不在，甚至乳房已经开始下垂，肌肤也渐渐失去光泽，但此时此刻，张梅还是那么迷人。

心突然莫名地疼了一下。

是她本来一直都如此美丽，还是我已经太久没有认真地去读过她？

“老公，好看吗？”张梅指着自己的新发型，口气温柔得像个小女生。

我点点头："还行。"

"还行还是好看？"她不依不饶。

"好看是好看，不过……"我又故意卖起了关子。

"不过什么？"张梅紧张的样子让我想笑。

"咱闺女呢？"我得意地笑起来。

张梅白了我一眼，又美滋滋地说道："送咱妈那儿去了。"

"什么意思？"我揣着明白装糊涂。

"意思就是……"张梅也故意拉起长声，接着说道，"其实这几天我也想了很多，你说的没错，我们现在的生活确实太沉闷枯燥了，也确实需要做出改变，所以今天晚上是咱们的二人世界。"

二人世界。

哦，久违的二人世界。

2012年03月03日

有一次，一位女性朋友问我：你们是从什么时候开始痒的？

我摇摇头，塘堰淤积，年久失修，想不起来了。

"你再仔细想想。"

于是，我开始认真地去想。

大约一根烟的工夫，脑海渐渐清晰起来，应该是做爱的时候。

朋友惊讶地看着我："性生活不和谐？还是太单调？"

"都不是。"

其实准确地说，我们的痒，是从只做爱，不接吻的时候开始的。

是的，只做爱，不接吻。

名副其实的原生态。

有时候想想，这都怎么了？

毫不客气地问一句：这跟嫖娼又有什么区别？

实际上又有什么区别呢？

反正都是到了床头就脱鞋，脱了裤子就上炕，然后长驱直入、直奔主题，完事儿后一拍两散各睡半边。

而曾几何时，那一夜销魂，我们颠鸾倒凤、翻云覆雨，我穿透你的身体，你湿润我的灵魂；而又是曾几何时，我们的床笫之欢沦落成鸡肋，食之无味，弃之可惜？

这一切，都应该归罪于痒。

是"痒"，把我们的婚姻变成了搭伙过日子。

是"痒"，把我们的性爱变成了枯燥的流水线作业。

可是，我却从来没有在意过这个"痒"是什么时候开始的。

现在才发现，其实分辨很简单——当性爱中没有了接吻，make love 就是 make love 时，实际上就已经点燃了它的引信。

一曲战罢，我已筋疲力竭。

“爽吗？”张梅咬着我的耳朵，哧哧地笑。

“嗯。”

“我还要……”

我有气无力地喘着气，犹豫了半天，不知道该不该接招。

这一次确实把我累坏了。

一回到家，我们的二人世界就风云突变，犹如一匹脱缰的烈马一样疾驰狂放，不仅十八般武艺悉数登场，尤其值得一提的是，居然还破天荒地接了吻，唇舌交织，热浪翻滚，一如初夜般动情。

有了生命的性爱如此美妙，再来一次自然求之不得，可是我却有心无力。

“当年你可是一夜N次郎哦！”张梅不依不饶，像个没讨着糖果的孩子一样开始撒娇。

我在心中叹口气，当年人人都是一夜N次郎，现在遍地都是N夜一次君哪！

“歇一会儿。”我只得退而求其次。

“还要休息多长时间嘛？10分钟？”

“……”

“15分钟？”

“……”

“20分钟？”

我被张计时员骚扰得肝肠寸断，干脆揭被而起，虎视眈眈。

“现在？行吗？”她不怀好意地笑起来。

我点点头，大吼一声，一如春晚舞台上的刘谦：老娘们，见证奇迹的时刻到了！

张梅顿时喷饭，滚到了床下。

2012 年 03 月 04 日

人生中总是充满着太多的意外。

一个街角邂逅的女子，可能最后会成为你的新娘；十几年杳无音信的初恋，相逢时或许已是你铁哥们的情人；打出租车的时候你可能会捡到一部手机；逛大街的时候还兴许被坏人顺走钱包。

那么，一个素不相识的微笑呢？

早晨上班，电梯里人满为患，超载警报器响起。

这时候，离电梯门口最近的女孩礼貌地退了出去。依然超载。

一个胖子又知趣地退了出去，警报解除。

女孩狐疑地瞥了胖哥几眼，不甘心地又进了电梯。

电梯上升，人群里发出几声轻笑，我也情不自禁地笑了笑。

其实类似的这种上班花絮时有发生，写字楼里公司众多，电梯又供不应求，只是刚才女孩那精灵古怪的表情确实让人印象深刻。后来等她按亮电梯的楼层显示器后，我假装不经意地侧过头瞥了一眼，22楼。

据我所知，那是一家口碑不错的港资企业。

过了16楼以后，电梯里只剩下我和女孩两个人。

我轻轻地咳嗽了一声，女孩扭过头来，顿时满脸的惊讶。

“是你呀！”她白牙一闪。

我也微笑着跟她打起招呼：“原来你也在这里工作？”

“对呀，好巧哦！”

“我以前好像没怎么见过你。”

“嗯，我是新来的，今天是第四天上班。”说完后，女孩调皮地伸出了四根手指。

“你在24楼？”女孩问我，显然她也注意到了楼层显示器。

我点点头，逗她：“虽然我们不是上下级关系，但以后就是上下楼关系啦。”

女孩咯咯地笑起来，说：“那我以后应该叫你楼长吧？”

“嗯。”

“楼长你好，我叫小琪，以后请多多关照。”

小琪，那天中午在餐厅里跟我礼貌点头微笑的女孩。

2012 年 03 月 11 日

礼拜六，参加一个朋友的婚礼。二婚。

朋友年长我一岁，大概在三个月前离婚。

离婚理由：捉奸在床。

据朋友坦白交代，当时的画面极具视觉冲击力：野餐刚刚进入状态，正室突然单枪匹马，破门而入，于是日本动作片转瞬变成中国格斗片，朋友的裤子还没穿利索，正室和小三儿已经互扇十余个耳光，噼噼啪啪如雷贯耳，几乎可以传到火星。

这确实够震撼的。

我的意思是说，捉奸也就罢了，居然还活色声香地捂在被窝里，我猜朋友的妻子大概是一个狂热的左倾主义分子，从发现敌情到跟梢火并，一路尾随而隐忍不发，千里走单骑就只为了最后那狠狠的几巴掌，其动机之纯粹，着实让人惊讶。

可我想破了脑袋，也没想明白她到底想要什么。

按理说，只要盖子不揭开，什么都可以骗自己，而一旦那赤裸裸的画面活灵活现地呈现在眼前时，世界瞬间轰然倒塌，樯橹灰飞烟灭，恐怕只有离婚才是最好的解脱。如果不离，那就只能苟全婚姻于乱室，可那一幕幕媾和的画面，这辈子对我们来说都是一个解不开的珍珑棋局，用春晚的一句台词：“永远活在我们心中。”

无论是捉的，还是被捉的。

婚宴大厅，彩球飞舞，宾客爆棚。

我旁若无人地从桌子上的喜包里挑出两块喜糖，一块儿剥给女儿，另一块儿剥给张梅。

坐在我斜对面的熟人之妻甩起鼻子开始抱怨："你看看人家老吴，两口子多恩爱。"

熟人在边上开玩笑："要不让老吴也给你剥一块儿？"

众人哄堂大笑。

我和张梅也对视一笑，目光游移，眼神黯淡，内心如被开水沸过。

恰在此时，婚礼的主席台上传来新郎新娘异口同声的誓言："无论贫穷还是富有，疾病还是健康，相爱相敬，不离不弃……"

话音一落，宾客掌声四起。

我装作不经意地瞥了张梅一眼，发现她面无表情，一动不动，犹如老僧入定。

我想也许我能明白她的意思。

"我爱你，一辈子。"

某年某月的某一天，我们中的每一个人都会站在那个神圣的舞台上立下天荒地老的誓言，开始幻想着生活是平的，从此以后我们就是那个童话故事中的主角：王子和公主过上了幸福快乐的生活。

可惜，生活中没有童话，只有笑话。

誓言也是，冷笑话。

2012 年 03 月 17 日

“你觉得他们会幸福吗？”婚宴散后，在回家的路上，张梅冷不丁地问我。

“什么？”

“他们会幸福吗？”张梅意味深长地看着我，一字一句。

我无奈地笑笑：“差不多就行了，你说你至于这样没完没了吗？”

“我就是看不惯。”

“看不惯什么？”

“双‘贱’合璧呗！”张梅冷哼一声。

“这不是绝配吗？”一时间我没反应过来。

“绝配个屁！贱人的贱！”

“人家怎么就贱了呢？还双‘贱’？”弄清原委，我是又好气又好笑。

“喜新厌旧，贱不贱？抢别人的老公，贱不贱？这不是双‘贱’合璧是什么？”

“唉，在人家那儿，这可是货真价实的爱情。”我四平八稳地打着方向盘，故意阴阳怪气。

“我拜托你别侮辱爱情成吗？那分明是奸情！”

看着咄咄逼人的张梅，我简直都要跪了，想破了脑袋也没想到她会如此偏激。

说起来，这位朋友因为跟我私交甚好，所以张梅对他也蛮熟。可是自从朋友的传说不幸流传江湖后，他在张梅的眼里顿时就成了王八蛋的表弟。还有那个新娘子，刚才新人过来敬酒的时候，面对新娘子的热情问候，张梅无动于衷，冷若冰霜，甚至连酒杯都懒得端起，完全视其为空气，搞得我也颇为尴尬。

“人家现在都已经结婚了，你能不能现实一点儿？”

“不能，我这叫爱憎分明。”张梅不依不饶。

“我看你这是胡搅蛮缠。”

“我怎么就胡搅蛮缠了？”

“刚才人家过来跟你打招呼，你什么态度？你知道当时那么多人让我多下不来台。”

“我本来就不想来！”张梅越说越来劲。

我渐渐开始上火。

是的，这场婚礼起初张梅并不想参加，她觉得恶心。

哦，不对，应该是“恶心得想吐”！

后来，如果不是我的一再坚持，张梅也不会来。或者再准确一点儿地说，这事儿如果放在以前，就算我再坚持也是徒劳，关键是这一次我们已经达成的合作共识起了作用：先期相互迁就，后期培养恩爱。

“你觉得咱们有必要再为这事儿继续争执下去吗？有意思吗？”我决定让步。

你敬我一尺，我还你一尺。

“没意思！”张梅硬邦邦地回答，显然还在运功发力。

我简直就要给气死了。

这么多年来，其实我最恨的就是张梅这一点儿，总是拿着鸡毛当令箭，屁大的事儿都要顶翻天，得寸进尺，不识好歹。

记得有一次我们吵架，吵到最后张梅理屈词穷只得主动休战，说“我错了”。

我拧着眉头问她：你哪里错了？

她满脸不屑地撇了撇嘴角：我哪里都错了！

这是认错？

这是他妈的诈尸！

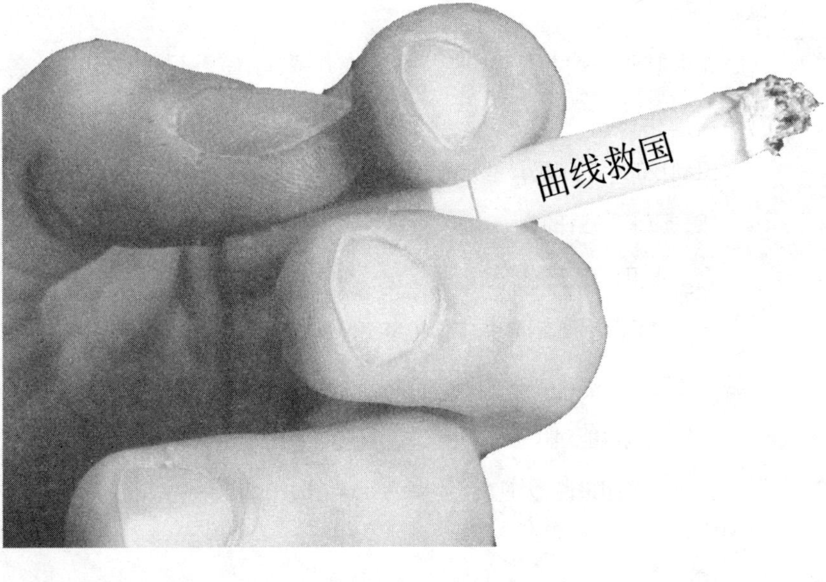
曲线救国

2012 年 03 月 19 日

回到家，矛盾依然发酵。

眼不见为净，心不念不烦，我索性把自己关在书房里，上网听歌聊大天。

张梅似乎也深有同感，进门后就和女儿藏进卧室，不知道在干什么。

直到我的手机响起，是一条短信：老公，我错了。

哦，原来是在忏悔。

合上手机，我无动于衷。

错了就完了？你知道错在哪儿吗？是真错还是假错？我在心里恶狠狠地想。

其实我倒也能理解张梅的愤怒。

对于妻子团来说，大凡离婚的男人都会自动升级到“阶级敌人”，小三儿更不用提，势不两立是必须的，“人人得而诛之”才是她们的王道,所以参加这种“双‘贱’合璧”的婚礼不仅是侮辱她们的智商，简直更像是自己在给自己开追悼会。

可是，树活一张皮人活一张脸，既来之则安之，对吧？何苦非要为了那八竿子都打不着的正义之师耿耿于怀、不欢而散？

我正暗自愤慨着，这时候女儿颠颠地跑了过来，又颠着小脚趴在我的耳边说：“爸爸，你以后别跟妈妈吵架了好不好？”

不用说，这肯定是张梅遣来的维和特使。

“谁告诉你爸爸和妈妈吵架了？”

“妈妈说的啊！”

看着天真无邪的女儿，我的鼻子微微一酸，说：“其实呢，是妈妈说错了，爸爸和妈妈没有吵架。”

“那妈妈为什么说你们吵架了？”

“妈妈是故意逗着你玩呢，其实我和妈妈是在做游戏。”

“啊？你们做游戏为什么不带着我？”女儿抗议。

“不是不带着你，这种游戏是我们大人才做的。”

“那你们做的是什么游戏呀？”

我把女儿抱到腿上，刮刮她的鼻子，笑道：“看谁先说话呀，谁先说话谁就输。”

“哦，那妈妈输了，真的。”女儿严肃的样子让我想笑。

“为什么？”

“她刚才给你发短信来，我看见了！真的！不骗你，我真看见了！”

2012 年 03 月 20 日

早餐。

在这本书中，我想这大概是我最不想描述的生活片段，没有之一。

原因很简单：我对早餐一向多情，可结果从来都是自作多情。

因为从结婚到现在，张梅几乎没有做过一次像样的早餐，如果算上结婚之前的同居时代，那么时间长度累计起来，超过十年。

在这期间，我几乎用尽了所有的力气。

先是谈，心平气和地谈，动之以情，晓之以理，科普早餐对身体的重要性。

接着吵，翻天覆地地吵，多狠的话都敢喷，“连早餐都不做，你怎么当的女人？”

值得表扬的是，每次过后都有疗效，次日的早餐会变得有模有样。

当然接下来，张大厨的手艺更应该登报表扬——那质量绝对是一天不如一天。

今天煎鸡蛋，明天煮鸡蛋，后天鸡蛋方便面，大后天鸡蛋方便面，再大后天，对不起，还是鸡蛋方便面，再大大后天……

这次是真对不起，因为方便面吃完了。

于是，涛声依旧，我们再次踏上了那条破船。

张爱玲说过，通往男人的心，通过胃。

记得有一次，我还特意把这句话分析给张梅听，完了还逗她，说：“同是老张家的人，差距怎么这么大呢？”

张梅争辩道：“我不做早餐，是因为做了你也不吃。”

这一刻，我突然想笑。

因为我明白，张梅不是不懂我的幽默，而是因为我戳到了她的痛处。

“是的，这点儿我承认，因为我不吃猪食。”

张梅冷笑：“是你对生活质量要求的太高了吧？”

“这就不对了吧，我怎么觉得是你对生活要求太低了呢？”

这个时候，张梅就开始耍横：“哼！我就这水平，谁做的好吃你找谁去！”

于是，我再次成为楼下小吃摊的忠实粉丝。

看到这里，也许你会问我：那你为什么不去做呢？

你要上班，我也要上班，大家都是两个眼睛一个鼻子，谁都想睡一个懒觉，难道这有错吗？

是的，都没错。

可我想表达的不是这个，我想说的是今天早晨这碗鸡蛋方便面。

如果你这辈子注定要跟方便面有血海深仇的话，那么同样是十分钟，今天早晨可以做一碗荷包蛋方便面，明天早晨可以做一碗煎蛋方便面，后天早晨还可以做一碗鸡蛋青菜方便面……

对，我想说的就是态度！

如果只是为了吃而吃，那跟猪又有什么区别？

所以，现在每次看到张梅的早餐，我都是又爱又恨。

爱的是：哇！今天又有早餐吃了！

恨的是：咦？又是热气腾腾的鸡蛋方便面！

这需要一个强烈的思想斗争。

吃吧，恐怕难以下咽。

不吃，又分明落人口实。

吃，还是不吃？

这是一个很二百五的问题。

2012 年 03 月 23 日

如果你问我，夫妻之间最需要的是什么？

我猜地球人大概都知道：沟通！沟通！还是沟通！

通则天堑变通途，反之平坦亦沼泽。

问题是，道理好讲，事情难做。

虽说条条大路通罗马，可是愚钝如斯你我他，哪一条才是我们真正的家？

曾经跟一位女同学聊天，她跟我诉苦抱怨，说每次想要跟老公深入地谈谈时，都遭受到了“马关条约”的待遇，对方不是没时间，就是“烦死了”，或者干脆装聋作哑，指鹿为马，害得她三天两头精神分裂。

聊到最后，女同学质问我：为什么你们男人结婚后都成了哑巴？

“恋爱时，我们说你们听；结婚后，你们说我们听。万物有轮回，这难道不公平吗？”我信口开河地笑道。

“得了吧，我还不知道你们这些臭男人！在家都是哑巴的化身，可一旦出了门，个个儿都跟嗑了药似的，油嘴滑舌，上蹿下跳，见个漂亮姑娘就扑上去，恨不能给人家洗洗脑，这就是公平？”

这不公平。

可是说白了，除了结婚证书一人一本外，夫妻之间哪还有什么公平？

她昨天帮你洗了一条内裤，那么今天你应该给她洗双袜子？

他昨天出去狂欢了2000块钱，那么今天你也非要出去潇洒一把？

想要吗？

谁想要，谁先输。

当你还在愤愤不平的时候，其实已经输得体无完肤。

早晨到了公司，打开公文包，一张 A4 纸悄然滑落。

我飞快地扫了一眼，上面是密密麻麻的蝇头小楷。

不用说，又是张梅的小把戏。

好吧，写到这儿我想我也应该承认，其实和那位女同学一样，在夫妻沟通的问题上，张梅同学也曾经享受过类似的“福利”待遇。

特别介绍：规格只高不低。

所以，我一直都觉得，其实夫妻之间最需要的应该是变通。

穷则变，变则通。

山穷水尽疑无路，柳暗花明又一村。

于是，手机短信、电子邮箱、便笺……粉墨登场。

当然，这些沟通方式的专利权都归张梅一个人所有。她无师自通，用无声的文字渗透进我有声的生活，从无到有，从有到优，应用开发技术如今已修炼得炉火纯青，比如说现在，昨天晚上的歉意白纸黑字，再加上今天早晨热气腾腾的早餐，在我心里最柔软的时候，她又打了一副好牌。

而通常情况下，我的选择似乎只有两个：对的记在心里，错的灌进屁里。

我老年痴呆吗？

其实我只是不知道该怎么回应。

陕北民歌中有一句最骚的歌词：面对面坐着还想你。

而对于我们，面对面坐着，我想大概只能大眼瞪小眼。

运气不好的话，或许连瞪也懒得瞪。

当然，我也有想谈的时候——喝多的时候。

很多次喝多的时候，我总是特别亢奋，嘴巴吧唧吧唧的好像拴了一头活猪，有求必应，有问必答，而且摆事实讲道理，“随风潜入夜，润物细无声。”像极了电影《手机》里那个有一说一的严守一。

对于这个结果我冥想了很久，最后终于得出答案：其实我是脆弱的。

这恐怕是唯一的解释。

另外，请允许脆弱的我最后再问一次：谁告诉你，你想谈的时候我就一定要跟你谈？

2012 年 03 月 25 日

张梅的 A4 纸。

抬头第一句，沁人心脾：亲爱的老公。

看得出来，昨天晚上张梅在书房里还是颇费了一番脑筋，既对婚礼上的不冷静行为做了诚恳的道歉，又对最近一段时间我们的合作共识做了一个简短的总结，同时还本着惩前毖后、治病救人的目的，别出心裁地给我们列了一份计划书。

题目：本周晚饭后的活动安排征求意见稿

星期一：一起看一个小时的电视；

星期二：一起出去喝咖啡或看电影；

星期三：一起清理家务；

星期四：五子棋对弈；

星期五：一起楼下散步；

星期六：陪女儿玩一小时；

星期天：自由活动。

（备注：如果遇到应酬等不可抗力因素，节目可顺延；或可根据实际情况调换节目）

不得不服，张郎中这次相当有料，号脉精准，一针见血。

你看，虽说夫妻两人一辈子，看上去总是有花不完的时间。

可是仔细想想，一张床一口锅，早晨睁开眼就要上班，中午下了班就要吃饭，每天二十四小时多半时间都要起早贪黑地跟着生活打转。所以算来算去，只有晚饭过后的那三四个小时才是夫妻真正的二人世界。

可惜，通常情况下，这个时间我们都在孤军奋战。

你看你的电视，我玩我的电脑，日复一日，年复一年，没病都能磨出老茧。

这哪是什么计划书？

这分明就是挂了一个专家门诊！

我毫不犹豫地在纸上签了两个字：同意。

想了想，总觉得少了点什么，又装模作样地在上面加了一句“请小张同志监督执行”，写完后想象着张梅看到后会心花怒放的样子，自己也情不自禁地笑了起来。只是笑完之后，心里又忍不住一番感叹，曾经沧海难为水，除却巫山不是云，为何夫妻两人一定要沦落到求医问药这般寒酸田地？

我想，归根结底大概还是夫妻之间的信用体系出现了问题。

也许，每一对新人在登记那天，都应该在淘宝上开一个网店。

舒服的时候，老婆来一句：“老板，包夜哦！”

老公笑脸相迎：“放心啦，亲，好评哦！”

不爽的时候，老婆再来一句：“老板，货不对板，给你差评吧？”

老公顿时五体筛糠："亲，我改！我马不停蹄地改！"

2012 年 04 月 09 日

中午，Judy 逛街路过公司，打电话让我请她吃饭。

Judy，大眼美女，也是标准的大龄剩女。

楼下餐厅，我们相对而坐。

"咦，换手表了呀？应该不是小三儿送的吧？"因为太熟，所以茶毒。

"废话，世界上哪有那么多小三儿。"我故意抖了抖手腕，继续显摆，"这是前几天你嫂子出差买的，羡慕吧？"

"岂止是羡慕，限量版的呢，怎么着也得值好几万块钱吧。"Judy 强行从我手腕上摘下手表，翻来覆去地研究了半天，继续开玩笑，"看来出版社编辑挺挣钱啊！"

我笑而不语，其实与工作比起来，我更愿意张梅在家相夫教子，但是人各有志，再说偶尔她出去约稿几天，回来时也颇有小别胜新婚的味道。

"来来来，老帅哥，既然你们最近这么幸福，晒晒呗！"Judy 又笑。

"天上绝无仅有，地上仅此一对！"我装腔作势。

托"专家门诊"的福，这几天我和张梅确实很有点相敬如宾的意思。尤其是小张同志，待我更是不薄，软声细语，鞍前马后，甚至有几次的服务水准一度搞得我晕头转向，以为自己下榻在五星级酒店。

当然，礼尚往来，投桃报李，我也提速不少。该推掉的饭局统统推掉，该配合的节目努力干好，昨天在下班的路上，还特意绕道去买了张梅最爱吃的口水鸡，美得她又唱又跳，跟在我屁股后面鬼头鬼脑地嚷嚷着晚上要小泽玛利亚的干活。

“我觉得你呀，就是吃饱了撑的，你说你到底想要什么？”听我说完，Judy 皱眉。

我摇摇头，鬼才知道我自己想要什么呢。

“也许正因为不知道想要什么，才特别地想要吧。”我又补充。

“只能说，你是一个不安分的男人。”她说。

我点头承认，每个不安分的男人，都会有一颗不安分的心，可是只想要一份安分的生活。

“狡辩！”

“是争辩！”我纠正她。

Judy 撇撇嘴，片刻后采用了迂回战术：“你有没有想过，其实你现在正处于一个迷茫期？你看你们平淡了那么久，你现在感到腻了，所以才会翻来覆去地折腾，知道为什么吗？因为你迷路了，走了这么久，你不是累了，你只是不知道接下来该怎么走了。”

我点头，示意她继续。

“可是你有没有想过，你折腾的目的不就是想挽救你们的婚姻吗？”

是的。

“这说明你还在乎她，还爱着她。”

我再次点头。

“这不就结了嘛！既然你还在乎这个家，那为什么就不能死心塌地地跟她过日子呢？”

“可是如果不折腾，我怕我们只能死心而不能塌地地过日子。”

Judy 无语……

“不明白吗？”我逗她。

“这么说吧，你会不会觉得，其实两个人吵架也是一种幸福？”

“什么意思？”

“这应该不难理解吧？吵架是因为对你不满，对你不满是因为期望太高，期望太高是因为还在乎你。”

“你这是混蛋逻辑！”

我哈哈大笑，这是一个不安分男人的逻辑。

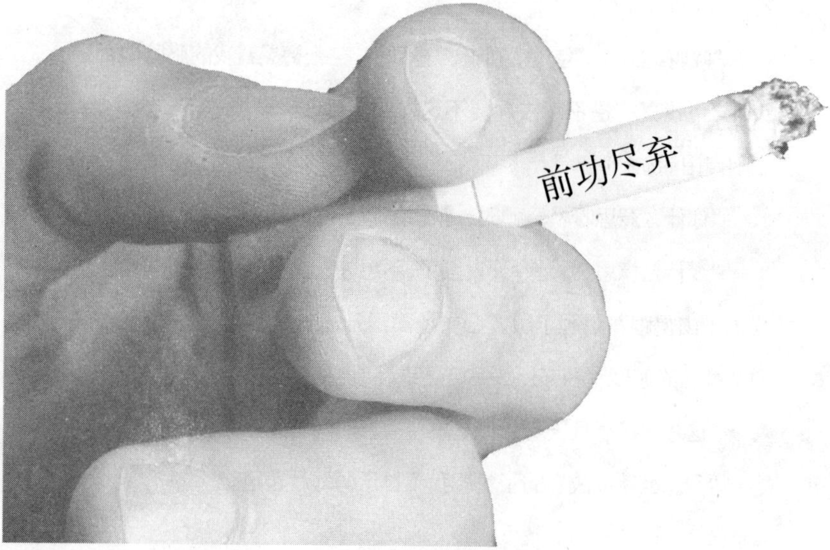
前功尽弃

2012 年 04 月 13 日

晚饭过后，计划安排：下楼散步。

“今天工作太累了，要不改天吧。”我懒洋洋地斜倚在客厅的沙发里跟张梅商量。

“哎呀，我们一会儿就回来，好不好？”张梅晃着我的胳膊撒娇。

“可我真的是不想去。要不这样，节目临时调换一下，今天晚上咱自由活动行吗？”

“你什么意思呀？”顿时，张梅的眉头拧成一头大蒜。

“没什么意思，就是今天太累了，不想去。”硬邦邦的话砸在脸上，我也不由得跟着黑起了脸，心中还隐隐升起一些恨意，虽然早就知道她翻脸的速度比翻书还快，可还是没想到她会翻脸。

“这才坚持了几天呀，你是不是故意的？”

“我怎么就成故意的了？”我不甘示弱地看着她。

“那你是什么意思？”

“你说我什么意思？”

“……”张梅不语，但胸脯明显有了起伏。

很显然，她在运气。

我一看大事不好，连忙也屏气凝神。

因为，战争一触即发。

这也是我们战争爆发前的经典桥段。

具体流程为：张梅先是会像一根木桩似的杵在我的跟前，然后两只眼睛死死地盯着你，眼神中色香味俱全，誓要把你看穿；如果这招不奏效，接着她会毫不犹豫地立即进入运气环节，鼻息的大小及胸脯起伏的频率虽然完全不在一个节拍上，但迸发出来的效果绝对会让你拍案叫绝、肝肠寸断！

如果你还不服，那她还有最后一招独门绝技，这也是江湖中见佛杀佛、见鬼杀鬼的雷霆一击，就是一声不吭，一动不动，一眼不眨地站在你的面前！

干什么？

站岗！

挺胸抬头，目不斜视，全心全意为人民服务！

专治各种不服！

看到这里，也许你会幸灾乐祸地问，那这招要是还不管用呢？

别急，我来！

“你有没有觉得我们变客气了？陌生了？”十几秒钟后，我阴着脸登台反击。

“你想说什么？”

“我觉得我们是在演戏！”

“演戏？你居然认为这是演戏？”

“难道不是吗？这些天我们出去喝咖啡、看电影，你真以为这样就能培养出来恩爱？退一步说，就算能培养出来恩爱，可是你就不能替我想想，今天晚上我为什么不去配合？因为我今天在外面跑了一天，我很累了。”

“那你可以告诉我呀！”她抱怨。

“我刚才不是已经告诉你今天很累了吗？”

“那我怎么知道你是真累还是假累？”

“好吧，那我现在再跟你说一遍，你知道什么是恩爱吗？你知道怎么做才能培养出来恩爱吗？其实很简单，恩爱不是用眼睛去看，要用心去交流，是自然流露，不是刻意堆砌！恩爱就是现在我更需要一盆温热的洗脚水，而不是该死的散步！”

2012 年 04 月 17 日

演砸了！

该死的！终于还是演砸了！

本来只是散步的目标，没想到最后却搞出来散打的效果。

张梅哑口无言，我亦黯然失色。

这让我们彼此狼狈不堪。

还有比这更糟糕的吗？

看着眼泪盈眶的张梅，我同样难过地闭上了眼睛。

看电视、喝咖啡……张梅的方子其实并无不妥，可是这几天活动下来，心里总觉得少了点什么，直到今天看到她的翻脸我才瞬间明白，原来不只是我，其实在我们的内心里，这几天跋山涉水、精心粉饰的恩爱早已不堪一击，不然不会轻轻一棒子便土崩瓦解。

辛辛苦苦大半年，一夜回到解放前！

当然，这并不是张梅的错。她一直都在努力着，计划这个，计划那个，为了家庭四季如春，她挖空心思、绞尽脑汁，甚至不惜放弃自己的原则，进而一而再再而三三而四地迁就我、讨好我——她已经尽力了。

可她越是这样，我就越是害怕。

越是害怕，我就越是恨我自己。

是啊，你到底想干什么？

为什么你就不能顺着她把这场该死的戏演完?

人生如戏，全靠演技，反正都累一天了，再累个散步的工夫又怎么了?

要什么该死的洗脚水?!

可惜，始终我都不愿意去说服自己，

因为，我们是世界上最真实的伙伴。

因为，我们不是世界上最好的演员!

“陪老娘散步去!”看到女儿从她的房间走出来后，我迂回路线安抚张梅。

“可是我还要看电视呢。”女儿把看电视当成了一份严肃的工作。

我爱莫能助地冲着张梅笑了笑，二比一，这次神仙也帮不了你了。

“你们不去拉倒，我自己去!”

说完后，张梅拿了一件外套，头也不回地下了楼。

“你为什么不陪妈妈去散步?”我问女儿。

“那你为什么不去?她是你老婆。”

“你说什么?”我惊异于女儿的早熟。

“她是你的老婆呀，所以就应该是你陪她去散步。”小家伙振振有辞。

“什么老公老婆的?你这一套都是从哪儿学来的呀?”

“我们幼儿园呀，爸爸，你说等我长大了是不是也会成为别人的老婆呀？”

“那当然。”我笑。

“那到时候我还会生小朋友，是不是这样呀？”女儿认真地又问我。

看着天真无邪的女儿，我情不自禁地笑了起来。只是笑完后鼻子蓦地一酸，是啊，总有一天她会长大，会成为别人的妻子，会成为孩子的妈妈，而等到了那个时候，她会不会像今天的张梅一样，因为老公没有陪她散步而怏怏不快？

“我们现在去追妈妈吧？”我说。

“我不想去，我还要看电视呢。”女儿噘起了小嘴。

“那你看这样好吧，我们现在就下楼去追妈妈，然后明天晚上我请你和妈妈吃饭。”我贿赂女儿。

“真的？那拉钩！”

2012 年 04 月 18 日

和女儿到了楼下，张梅已不见踪影。

昏黄散淡的街灯，散步健身的老人，小区花园的凉亭子里还坐着一对窃窃私语的年少情侣，我冷眼打量着眼前的世界，恍惚间就好像在做梦。他们在交谈什么？今天晚上去看一场电影？

还是去宾馆要一个房间？

亦或只是为了让街灯见证他们即将万劫不复的青春？

“爸爸，我们快给妈妈打电话吧。”四下寻找未果，女儿着急地扯着我的衣角。

“不用，我知道妈妈在哪儿。”说完后，我带着女儿朝小区的人工湖走去。

我估计张梅在那儿。

果然不出所料，几分钟后当看到张梅时，她正双手抱肩，孤零零地站在人工湖畔的木栈道上看着波纹细碎的湖面发呆。远远看着那个一动不动的背影，我的眼前突然一热，憔悴的气息，满湖的心事，此时此刻，她又在想些什么？

放弃吗？

是啊，该做的都已经做了，该说的也都已经说了，“我本将心向明月，奈何明月照沟渠”！那就这样吧，天涯何处无芳草，又何必非要在一棵树上吊死呢？不就是分手吗？去他的夫妻，去他的痛苦，一咬牙一闭眼，一刀两断，一了百了！

实不相瞒，曾经有很多次，我也这么想过，而且我相信张梅也肯定想过放弃。

可是，为什么我们还在一起？

因为孩子？

或许是，但肯定也不完全是。

我曾经做过一次假设，假如我们没有孩子，是不是真的会离？

会！

可是等冷静下来后再仔细想一想，真的会吗？

最惨的时候，我们住地下室，啃方便面，一块钱的馒头吃一天；1999年夏天去青岛游玩，口干舌燥，弹尽粮绝，两个人偎依在沙滩上一瓶可乐小口小口地分着喝，喝到最后一口谁都不舍得喝；我们牵手轧马路，从城南走到城北，从傍晚走到凌晨，那一晚张梅的脚上磨起三个大泡；我们去泰山，我们去黄河，我们去人迹罕至的深山老林，甚至还差点死在那儿……

“Jump！”

“You jump，I jump！”

难道这些都是该死的演戏？

2012年04月19日

夜。

宁静而又落寞。

张梅躺在床的北侧手机上网，我躺在床的南侧看晚间新闻，楚河汉界，泾渭分明。

——很长时间以来，我们大概已经习惯了这样生长。倒不是谁也没有靠近谁的欲望，而是就好像床的中间有一道万丈沟壑，我们两个人只能小心翼翼地蜷缩在两边，可以偶尔搭上几句话，但谁也不敢轻举妄动，否则一不小心就能摔个粉身碎骨。

“我们一起去旅游吧。”张梅放下手机，突兀地说道。

“想去哪儿？”

“丽江。”张梅兴致勃勃。

“为什么想要去丽江？”我好奇。

“其实去哪里倒也无所谓呀，主要是我们好久都没出去玩了，一起散散心嘛。我可以有七天假期呢。”

看着憧憬的张梅，我的心微微一缩，好像被针扎了一下。

当然了，她的这个提议听上去没什么不妥。

Judy也曾经多次劝我，说两个人走累了总要歇一歇，最好一起去踏青旅游，陶冶情操云云。

我笑她白天不懂夜的黑，活脱脱一个婚姻版的赵括，“一看就是没有结过婚的人。”

“有病就得吃药！”她辩解。

“病急也不能乱投医！”我笑道。

没错，有病就得吃药，可是是药三分毒，如果夫妻两人早已满怀忧伤，心有余悸，平时在家都找不到一句暖场的台词，直到病入膏肓时才想起用结伴旅游来疗伤，这到底是雪中送炭，还是雪上加霜？

何况，交警也有提示：病车不准上路。

所以，与其相比，我更愿意两个人来一次长途旅行。

“不如去汶川。”我说。

“为什么？”

我意味深长地看着张梅：“去看看废墟过后的城市，看看是否依然漂亮，或者说是不是可以更漂亮。”

“你的意思是，既然城市可以重建，那么婚姻也可以？”张梅若有所思。

我夸奖张梅：“你看，无论我们怎么争吵，至少还是有共同语言的。”

顿时，张梅灿如桃花，笑声犹如天籁。

“规则由我来定。”我继续说。

“好，听你的。”

“走出家门，你向北，我向南。简单地说，你从北京走，我从上海走，我们分道扬镳，背道而驰，只要在规定的时间内到达同一个地方就可以。”

“我会用最快的时间到达，你呢？”张梅说。

“我不会。”

“没关系，我可以等你。”张梅笑。

“我不想让你等，你也别迁就我，我只希望我们都能按照自己的意愿过完那七天。”

“可我只能迁就你，因为除了你，再没有其他可以让我迁就的男人。”

我拍拍张梅的手背，叹口气道：“这不是谁迁就谁的问题，如果彼此迁就，那此行还有什么意义？我就是想让我们冷静下来，就像重新回到单身时代那样，做一个无拘无束的自己，一个只为了思考的自己。”

“我还是会在第一时间到达。”她坚持。

“OK，让我们拭目以待。”

2012 年 04 月 20 日

晚上，烧烤啤酒摊，哥儿几个友情小聚。

酒到酣处，A 哥突然端起酒杯一饮而尽，然后满脸便秘地看着我们：“我要离婚。”

我和 B 哥面面相觑，顿时泪流满面，无语凝噎。

“饶了我们吧，这话你都说了八百多遍了！”

“这一次是真的。”他又摆出了一副开追悼会的表情。

无奈，我们只好也配合着同样跟着凝重地点头默哀，然后又一起放肆大笑：“我们知道！”

我们没办法不幸灾乐祸，因为每次喝酒，A 哥必提离婚。

每提离婚，必须特别强调“这一次是真的”。

可惜，我们的生活中总有各式各样开不完的玩笑：天天吵着离婚的，仿佛永远离不了，而看上去没什么事儿的却冷不丁地告诉你离了——比如我前面那位二婚朋友。

A 哥的故事版本：婚姻 8 年，老婆强势。

强势到什么程度？

套用 A 哥的评价：“从头到脚，她就多了四两肉，少了一杆枪。”

算起来，这两位猛男大哥的离婚大战大概要追溯到一年多前，不过虽然年代久远，战役无数，但其过程实在乏味无趣得很，我保证就算是给你十块钱，你都没有兴趣知道，因为他们的造反台词大概永远只有两句话：

“离，明天就离！谁不离谁王八蛋！”

“离就离，不离都是他妈的 2B！”

于是乎，头顶炸药包，胸怀万千恨，两位选手摇旗呐喊，疾步如飞，宛如跨栏上的刘翔和罗伯斯。

离婚协议、户口本、结婚证……

总之，万事俱备，只等过堂。

再于是乎，第二天醒来，王八蛋和2B青年默默地起床、默默地洗脸，然后趁其不备，再默默地扫上对方几眼……

然后，默默地上班。

然后，过一段时间，再咬牙，再跨栏，再默默地披上自己的马甲。

“你说现在的女人到底都怎么了？家务活儿我干，孩子上学我接送，钱也没比别人少赚，可她还是一天到晚的跟我吵，我自己都搞糊涂了，你说这到底是怎么一回事儿，难道是我性生活满足不了她？”A哥越说越激情澎湃，明显是已经喝大了。

B哥惊奇地打断他：“你们还过性生活吗？”

我惊奇B哥：“难道这个你也戒了？”

“比戒烟容易多了。”

我们三个哄堂大笑。

B哥的婚姻版本：婚姻7年，老婆贤惠。

简单地用一句话概括：“想离没有理由，不离没有奔头。”

看上去，情况似乎和我差不多，唯一不同的是——无性婚姻。

坦白地说，对于这一点儿我还是持好奇态度。

毕竟我们哥儿三个有近10年的交情，可以说无话不谈、知根知底，想当年B哥外号如雷贯耳，“小香港”“辣手兄”“一夜十五郎”等等，两卡车兄弟都难以望其项背。如今放下屠刀皈依佛门，不是机器出了毛病就是心灵有了创伤，我在心里不厚道地笑。

“说出来你们都可能不信，我都半年多没碰老婆了。”B哥继续。

“为什么？”

“你有没有觉得，现在跟老婆做爱就像乱伦？”

“太像啦！”我们举杯同庆。

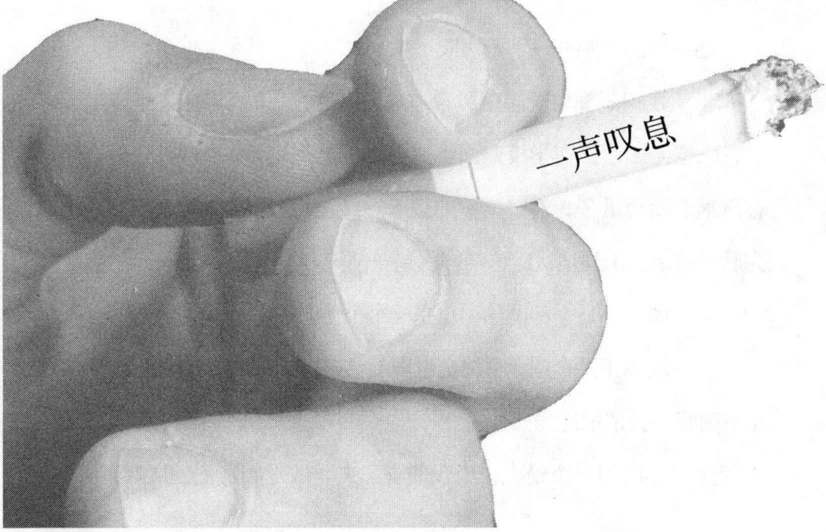
一声叹息

2012 年 04 月 21 日

记得很早以前，流行过一个段子：摸着小姐的手，仿佛回到十八九；摸着情人的手，酸甜苦辣全都有；摸着老婆的手，就像左手摸右手。

还有那部电影——《一声叹息》。

当年我和张梅也一起跟风看过这部影片，那时候的我们青春年少，恣意无知，挤在学校对面不远处一家闷热潮湿的录像厅里，喝着汽水、嗑着瓜子，对着模糊的盗版影片没心没肺地指手画脚，看完后更是幸灾乐祸地认定这纯粹就是一部天书。

——就算不是一部闹剧，也是一个个例。

——就算不是个例，哪怕全世界都会像他们那样吵得天翻地覆，也只有我们会依旧恩爱如初。

十二年后的一个晚上，当我理解了夫妻做爱如乱伦，从啤酒摊回来重新翻出这部影片时，看到歇斯底里的宋晓英，狼狈不堪的梁亚洲，还有那个躲在被窝里偷偷抽泣的女儿，仿佛看到了一面镜子。

里面有我们每一个自己。

还有那句台词，梁亚洲发自肺腑地看着妻子："我对你们娘俩是另外一种感情，晚上睡觉吧，我摸着你的手，就像摸我自己的手一样，没什么感觉，可是要把你的手锯掉，那跟锯我的手一样，疼！"

一语中的！

"十年修得同船渡，百年修得共枕眠；千年修得同性恋，万年修得性冷淡。"

这个段子的前半句应该是佛说的：因为有缘，我们同船擦肩；因为有爱，我们共枕同眠。

可惜，佛不入人间，只给了我们缘和爱。

我们也入不了佛界，只能修得到一声叹息。

"疼！"

这何尝又不是我对张梅想说的呢？

当年的气质美女，如今的成熟韵妇，你依然漂亮、依然动人，而且我相信你的身边肯定也一直都不乏追求者，不乏荷尔蒙亢奋的想入非非者，可是……可是我想说的不是这个，我想说的是我熟悉你身体上的每一丝纹路，你左边乳房上有一颗米粒大小的黑痣，脚踝上有一处小时候被刀割伤的细微疤痕，你睡觉有时会磨牙，经期都在每月的月底……

看见你，我总觉得那就是另外一个我自己。

爱情荡然无存！

亲情根深蒂固！

从爱人变成亲人，是不是我们早已经注定的归宿？

唯有，一声叹息。

2012 年 05 月 09 日

性爱。

毫无疑问，这是一套叫人浮想联翩的晚间黄金档节目。

……呃，好吧，我已经开始想入非非了。

——其实我本来就是如此粗俗。

看苍老师写书法，我总觉得她纯粹就是在那儿表演行为艺术。一横一竖，一撇一捺，收腹提气刚柔相济，无招胜有招；而再看她的成名之作，就算是想破了脑袋我也想不出这跟书法能有几毛钱的关系。

还有香港那个摄影爱好者陈大师。

想当年，艳照门横空出世，万人空巷，我通宵达旦，绞尽脑汁，猎寻数日终得其武林秘籍一套，于是珍若拱璧，潜心参悟，出关之后再见陈大师犹若男神，尤其是看到其身边的华丽女伴时，脑海顷刻间会电闪雷鸣，直接爆表。

“那是因为他们在你的心目中早就已经定性了，无论他们做什么，你都会浮想联翩。”张梅不屑于我。

我点头承认：“其实以前看你的时候，我也经常会浮想联翩。”

“那现在呢？”张梅顿时凝结成固体。

“……”

“麻木不仁？”她继续穷追猛打。

我讪笑，无语。

“你怎么没有前戏了？”不记得什么时候，张梅曾这样讨伐过我。

“你是不是性冷淡？”我也曾经在要求被拒绝后如此恼怒过张梅。

中心思想：我们的性生活质量在下降。

“我们好久没有一起看片儿了。”张梅怅然，咬得“片儿”两字嘎嘣作响。

“看片儿还不如去车震呢。”我笑。

“不太好吧？万一让人看见了怎么办？知道的以为我是你老婆，不知道的还以为我是小三儿呢。”

“那去酒店开房？”

“你神经病！”

这段对话的意思是，我们不仅需要前戏，还需要润滑调剂。

还记得有一次和张梅过招，球赛刚过半程，我状态奇佳，健步如飞，正在球场上左盘右带、全力开着工，她突然一下子睁开眼睛，然后像贞子一样直勾勾地盯着我：“你说我们把窗帘换成湖蓝色的怎么样？”

“什么？”我吓得屁滚尿流，扭头茫然地看了一眼那即将大祸临头的窗帘。

“这窗帘时间太长了，我都看腻了，明天就换！”

“这窗帘还没有我时间长呢。”弄清原委，我没好气地说道。

“美得你！”张梅嬉笑着一骨碌爬起来，翻身上马。

“我还没玩够你呢！”她又笑。

“咦，你怎么软了？”她惊呼。

……

好了，亲爱的观众朋友们，点歌时间已经到了。

2012 年 05 月 12 日

性爱Ⅱ。

如果愿意，我倒很希望自己能够像好莱坞大片《变形金刚》那样，再续写一章节华丽丽的性爱Ⅲ，可实际上我相信对于任何一个已婚到中年的人来说，都不愿意昏到如此自讨没趣的地步。

无论是男人，还是女人。

因为，这实在是乏善可陈。

我曾经问过 A 哥，每星期平均交纳几次公粮。

“三四次吧。”

“哇哦！这么厉害？”我羡慕嫉妒恨。

谁知话音刚落，猛男顿时一脸黑线：“如果你知道我一次能坚持多长时间，就一定不会这么想了。”

这真是一个无趣的笑话。

黑色指数堪比女人的伪高潮。

记得有一次，我和张梅“上班”——你看，连我们的性爱暗号都是如此的缺乏创意。那次“球赛”开场没多久，刚刚吊完嗓子的张梅还没明白过来是怎么一回事儿，正准备铆足了劲儿开唱呢，突然一脸茫然地看着我：“完了？”

我羞愤地喘着粗气，恨不能找个地缝钻进去。

还有前面所说的那位女网友，她也曾经跟我抱怨过，说老公的床上功夫实在糟糕透顶，但这还不是最让她撞墙发疯的，最糟糕的是男主角总以为自己武功盖世、伟哥附体，时不时还要翘起尾巴得意洋洋地现场采访其感受，于是她又不得不想尽一切办法去伪装高潮。

这确实够苦逼的。

毕竟，高潮只是一份体力活。

而伪装高潮呢，要时而静若处子，时而动若脱兔，绝对是一份实实在在的技术活。

所以我一直觉得，夫妻性爱的最高境界应该是：我高潮，你快乐。

前者愉悦自己，后者欢乐她人。

可惜，正如我前面所说：曾经的曾经，我穿透了你的身体，你湿润了我的灵魂，那让人神魂颠倒昼夜不分的交织，纵是钢铁也成绕指柔。而现在的现在，苍老师已经不务正业，我们也渐渐偃旗息鼓。

由此可见，当肉体上如乱伦，精神上已经阳痿，性生活也就成了一种生活。

纵使坚硬，也只是抒发本能。

2012 年 05 月 13 日

女儿的生日快要到了。

晚饭的时候，我问她想要什么礼物。

“你最近表现这么乖，爸爸可以送你三件礼物。”我说。

很快，小家伙欢呼雀跃地交出了答案：一次旅游、一副画板、一个画画培训班。

我有些迟疑。

其实对于女儿的素质教育，我的设想是让她去学钢琴、打网球，如果时间还有宽裕的话，还可以去学学舞蹈，可是三番五次地试探下来，小家伙明显只对画画情有独钟，这让我百思不得其解。

“你为什么喜欢画画？”我问她。

“因为爸爸会画画呀！”

我微微一怔，看来榜样的力量真是无穷大。记得以前闲来无事的时候，我经常会带着女儿背着画板去小区的公园里涂鸦一番，或人物或风景，倒也颇受街坊老太太们的青睐，没想到女儿会默默地记在心里。

“爸爸还喜欢弹琴呢，要不要学钢琴？”我逗她。

“不学，我就想学画画！”女儿坚持。

“你都答应人家了，可不能反悔哦！”张梅在边上打抱不平。

我笑笑，看着女儿渴求的眼神，连忙掉转枪口：“妈妈还没送你礼物呢！”

“那妈妈你送我几个礼物啊？”女儿着急地问道。

“我送一个，爸爸的承诺！”张梅笑。

“什么是承诺啊？”女儿糊涂了。

我和张梅情不自禁地笑起来。其实对于女儿的教育，我和张梅还是有些分歧，她主张随性而为，我则倾向于加强引导，为此两个人还争执过几次，遗憾的是，到现在我们都还没找到说服对方的法器。

这时候我的电话响了，是小琪。

“谁呀？”见我扣掉电话，张梅抬头奇怪地看着我。

“没什么，一个客户。”

“那干吗不接？”张梅疑惑继续。

“这个点儿肯定没什么正事儿，不是吃饭就是娱乐。”我笑着解释。

张梅瞥了一眼我手里的手机，又微笑着看着我，目光里似乎别有深意。

“要不我现在给打回去问问？”我又说。

“算了吧，既然都回家了，还出去干吗？我看你还是让我们娘俩跟着清净点儿吧。”

2012 年 05 月 15 日

夜，书房，月光皎皎。

“对不起宝贝，刚才的电话是不是给你惹麻烦了？”电脑的那头，小琪在 QQ 里做了一个鬼脸。

“没事儿。”

“你不是说今天晚上要出去应酬吗？怎么这么快就回家了呀？我好想你，所以才忍不住给你打电话。”

“客户临时有点事儿给取消了，都怪我没及时告诉你。你呢，胃还不舒服吗？”我问她。

“好多了，就是好想你。”

“我也想你。”

“现在能给你打电话吗？我好想听到你的声音。”

“她还没有睡……”我扭扭捏捏地说道。

“哦，那好吧。对了，那我们明天下午一起去爬山吧？”

“嗯，好的。”

……

好吧，你没有看错，要来的终于还是来了。

此时此刻，我又该说点儿什么为自己辩白呢？

其实这个问题从和小琪交往的第一天开始，就一直让我如芒在背。君子坦荡荡，小人长戚戚，难道前面你跳脚抱怨了几火车，就是为了给自己的出轨找一个冠冕堂皇的借口？

不！

即便笑料匮乏，但我想自己也不至于会幽默到这般境地。

更何况，出轨的借口，俯拾即是。

比如说，可以有自私的理由：前世无法预约，今生不想错过。

比如说，可以有装B的理由：世风日下，随波逐流。

再比如说，还可以有虚伪的理由：因为爱情！

虚伪、自私、装B……

毫无疑问，这是每一个出轨人的必备素质。

无师自通，自学成才。

所以，我并不想为自己开脱，鸡蛋就是鸡蛋，石头就是石头。

合适的温度可以让鸡蛋孵化，但是就算有一万个理由，石头也不会开花。

当然，这并不意味着，我自己会承认自己罪该万死、十恶不赦。

油枯灯才会灭，人生也总该要经历一个过程，对也好，错也罢，大家都要摸着石头才能过河。有的石头扁，有的石头圆，还有的石头缺半边……哪块石头是该死的？为什么该死？哪块石头又是该供奉的？为什么要供奉？

——花花大少说的对，又不是唐僧，谁有工夫天天吃斋、颂佛、念经？

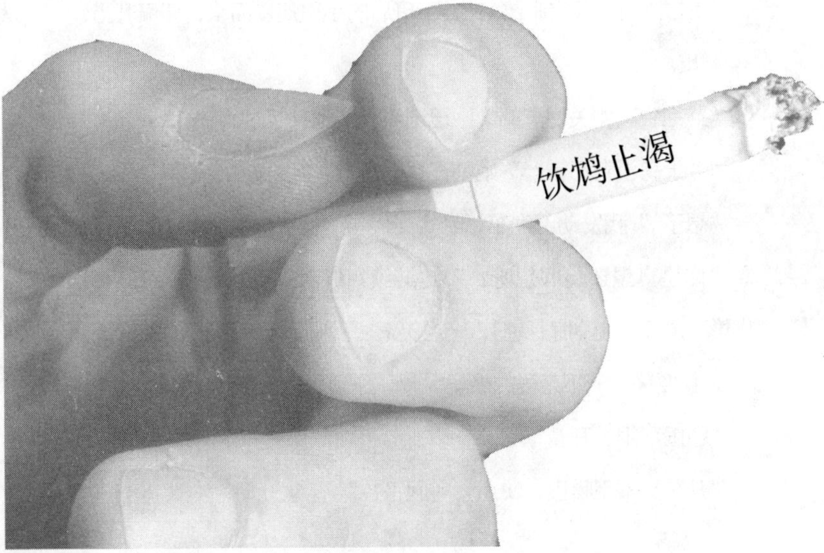
饮鸩止渴

2012 年 05 月 16 日

傍晚。

公司斜对面不远的僻静街角。

和往常一样，不到十分钟，下班后的小琪疾步而来，环佩叮当，烂漫调皮。

“抱抱！”刚关好车门，她已迫不及待地扑了过来。

“今天有没有想我？”她贴在我的耳边，吐气如兰。

“想了。”我发动着汽车，老实交代。

“你是真想还是假想呀？”她继续纠缠着，又嬉笑着打开手机的摄像功能，一边冲着我拍，一边笑道：“今天是我们恋爱的第七天，接下来我要采访一下亲爱的老吴大叔，你到底有多想我呢？”

“别闹别闹，开着车呢。”

“开车又不用嘴巴，快点老实回答！”

……

和所有热恋中的小女生一样，宛如精灵一般的小琪翩翩起舞，开始生动地刻画起我的生命。

当然，也和很多外遇的中年男人一样，犹如幽灵一般的老吴大叔，正在冲动贪婪地吮吸着现磨的乳汁。

七天热恋，似乎一下补齐了七年的血液，维生素 A、B、C、D、E、F、G，一应俱全，活灵活现。

看上去，生命似乎是转了一个圈，花见花开，人见人爱，卡车见了都要爆轮胎。

当然，这跟小琪无关。

全世界都知道问题是出在我的身上。

我相信，换作其他任何一个叫人心动的女孩子，这一场生命里的中年插曲依然会如此绚丽多彩。

依然会闪瞎我的狗眼。

所以，有时候看到蝴蝶一般色彩斑斓的小琪，我常常会不由自主地陷入黯然。

也许我应该向小琪道歉，因为快乐的时光总是很短暂，更多时候我的脑海里想着的则是张梅，想着“前张梅时代”——我和小琪现在做的，正是当初和张梅一起做的；而我和张梅现在做的，肯定也会是和小琪将来做的。

所以，我时常会怀疑自己眼前的世界是否真实。

从很爱很爱你，到很二很二你，如果这真是一场你我的轮回，那么哪一个才是真实的我们自己？

2012 年 05 月 17 日

下班回家，发现张梅阴云密布。

“怎么了？”我问她。

“哼！你们这些臭男人没一个好东西！”张梅恶狠狠地盯着我。

我两眼一黑。

什么情况？

还好，只是虚惊一场。

原来是叶子的老公出轨。

叶子是张梅的闺蜜，去年秋天嫁了一个黑不溜秋的“老外”——天天出差在外的男人，我戏称之为老外。

“不就是外遇吗？常年在外出差的人当然危机四伏了，有什么大惊小怪的？”我安慰张梅。

“你说什么？你说什么？有本事你再说一遍！”张梅的眼珠子一下跳了出来，跟在我的屁股后面大呼小叫，看样子要不是嫌弃我还没洗澡，生吃了我的可能都有。

“贱人就是贱人！哪有那么多理由？”她又补充。

我撇了撇嘴，像外交部一样表示克制。

“男人、外遇、你，联起来，造一个句子。”张梅命令我。

“当男人有了外遇的时候，你特别生气。”我满嘴开始跑火车。

“不是你，是我！男人、外遇、我！”

“在外遇到你，我才觉得自己没白活。”我哈哈大笑。

“哟，不敢说呀，你不会是心里有鬼吧？”张梅刻薄起来。

“你说什么就是什么喽！”我不屑地笑笑，转身朝书房走去。

“哎，你等一会儿。”她又在背后叫住我，接着问，“假如，我是说假如啊，假如你有了外遇，你会坦白地告诉我呢，还是等着让我揭穿你？”

“坦白从宽，牢底坐穿；抗拒从严，回家过年！”我继续胡搅蛮缠着，不过还是不由得停住了脚步，然后转过头来嬉皮笑脸地看着张梅。

正好，我也想借着这个机会顺便摸摸她的底牌。

“我会跟你离婚！女儿跟我……”张梅一步将军。

“不行，除了女儿，什么都可以谈。”我打断她。

“哟，还真是白眼狼呀！听你的意思是不是早就盘算好了？”

“彼此彼此嘛，你这不是也早就盘算好了吗？”我也不甘示弱地嘲讽她。

“那好，咱们继续。你的意思是只要女儿？净身出户都愿意？”

我点点头，可以。

“为了女儿，你真的愿意放弃一切？”

我再次点头，确认。

“为什么？你想说明什么？想证明你很爱女儿？真虚伪，你根本就不爱她。如果你爱她，怎么会给她一个残缺的家？最基本的东西你都不能给予她，你又凭什么说你爱她？所以，你只爱你自己，同时又爱给自己贴金。”

我无语，哑口无言地看着张梅，就好像一个小学生在听老师讲课，听到半截实在听不下去了，想睡觉，打盹，发现老师拿粉笔头丢我，站起来，到门口罚站，回家找家长谈话。

“怎么，哑巴了？”

算了，看着咄咄逼人的张梅，我在心里叹了一口气，以她现在的智商，我还是别再出招了。

2012年05月18日

“叶子是怎么发现老外出轨的？”睡觉前，我还是没忍住好奇。

“重要吗？”张梅挑着眉毛问我。

“随便问问。”我讪笑。

“再狡猾的狐狸也逃不过猎人的眼睛！”张梅直勾勾地看着我，神情凛然，字正腔圆，就好像刚翻身的妇女代表在给恶霸地主开批斗大会。

“那是那是，有政府给咱撑腰。”我频频点头附和。

“你也甭费那心思！你说我就纳闷了，你们男人到底是怎么想的？除了新鲜和快感，那些没心没肺的小女孩还能给你们带来什么？她们知道柴米油盐酱醋茶吗？她们会像老妈子一样伺候你们吗？她们能陪你们吃糠咽菜吗？”张梅噼里啪啦地给了我一顿机关枪。

“……”我只好卧倒装死。

“你说你们不找情人会死吗？”

“不会。”我低眉顺眼道。

“那还找？！”

“因为找了也不会死。”我小声地嘟囔着。

“你说什么？”

“我说张老师您这堂课讲得太有道理了，瞬间就把我心中那蠢蠢欲动的小火苗给秒杀了，那句话怎么说来着？听君一席话，胜读十年书，我算是没白跟您这一回，拍着心窝子说，真是长学问！”

“德性！马屁精！”张梅“扑哧”一声乐了。

我暗暗地吁了一口气。

一个好消息，一个坏消息。

坏消息是我已经知道了张梅的底牌。

好消息呢，就是到目前为止，张梅还没有发现我的底牌。

看来这些日子我的保密工作做得还不错，当然还有一种可能，那就是我辜负了张梅对我的信任。

这让我突然想起前几天从网上看到过一个帖子，帖中的女主角说："就算全世界的男人都劈了腿，我深信我的老公会依然为我守身如玉。"

你看，多么单纯的一个女人，乍一听简直就是天真派的掌门人。

可实际上再慢慢地斟酌一下，我突然发现其实她比任何一个女人都要真实。

是的，她的老公也是吃饭长大的，有肉也不会只喝汤，所以她只是不敢承认，她宁愿把所有的精神寄托都押给老公，一荣俱荣，一损俱损，于是当她发现老公出轨后，她的世界轰然倒塌，想哭哭不出来，想喊喊不出来，那种从骨子里迸发出来的伤痛会让所有的语言都显得那么无力。

最糟糕的是，这也可能是我即将要给张梅带来的。

"再狡猾的狐狸也逃不过猎人的眼睛。"

没错，我相信所有的婚外情都有迹可循，终有一天生活会逼我们露出那脆弱的马脚，然后毫不客气地一脚踢我们出局，所以说现在最好的结局就是赶在第三次世界大战开始之前，结束。

问题是，我真的想和小琪结束吗？

也许从刚才我和张梅的对话上你已经看出来了：一向如此高调的我，回答问题时竟然那么低调。

——很显然，我已经迷路了。

甚至是，我现在已经分不清我和张梅两个，到底谁是狐狸？

又到底是谁想当猎人？

2012年05月19日

婚姻及忠诚。

对于一个三十五岁的男人来说，虽说锋芒犹在，但是棱角已平。

所以，纵然外遇，但我想手中的婚姻依然是一件很靠谱的事情。

——至少一开始不是抱着重新构架的愿望去的。

这是一个不用鼻子都能想通的道理：即使垂涎她的青春，可她也会如妻子一般老去；即使现在激情无限，可终有一天也会敌情再现。

不过是又一个轮回罢了。

不过是饮鸩止渴罢了。

所以说，大多数中年男人心里都有一副上好的对联。

上联：家里红旗不倒；下联：外面彩旗飘飘。

横批：这边风景独好！

由此可见，同样对于一个三十五岁的男人来说，忠诚这两个字所表达的意义其实就已经没有意义。

说句毫不客气的话，我甚至不相信婚姻里会有绝对的忠诚。

如果你非说有，那对我来说也就好像是海底的针——知道它在那儿，但是却不知道它在哪儿。

你看，外遇才刚刚开始，我就已经迫不及待地跳出来想为自己上诉了。

当然，也有人不这么认为。

比如说我的一位女性朋友，有一次跟她聊天，聊到婚姻里的背叛与忠贞。

按照她的说法，她深深地爱着自己的老公，生是你家的人，死是你家的鬼，愿赴汤蹈火，愿肝脑涂地，“山无棱，天地合，乃敢与君绝。”叙述到后来，很有点儿像刚刚从琼瑶培训班里毕业的味道。

我一边听，一边笑，汗毛倒竖，鸡皮疙瘩掉一地，最后实在忍受不了她的深情独白，于是很不厚道地提了一个要求，我说你看这样好不好，我们先来做一个最简单的测试：现在我出多少钱你愿意跟我上床？

100块？

“哼，你想得美！”她的语气至少需要6个惊叹号。

10000块？

“不行！”回答依然气场。

10万？

“不行！”

100万！1000万！

“呵呵……”

呵呵。

这就是我们生活的真相。

这就是我们掘地三尺梦寐以求的东西。

我保证，每一个想看到真相的你，最后都会死得其所。

2012年05月20日

午后，大朵云彩流过高天。

坐在小琪租住的阁楼露台上——她说住在阁楼最大的好处是可以拥有一片很大的露台，而拥有露台的好处是外面的风景总是很美，可以看到两条街外的学校操场，可以看到车水马龙的街道，还可以看到繁星璀璨的夜空。

据说运气好的时候，还能看见 UFO。

“公司里有同事约我周末去大峡谷玩呢。”小琪递给我一杯咖啡，得意地挑了挑眉毛。

“有人追是一件好事儿呀！”我没心没肺地喝了一口。

“那你说我去还是不去呢？”

“那你到底是想去还是不想去呢？”我又笑着把球发了回去。

“如果周末没有人陪的话，我当然要去解闷喽！”

看着噘嘴顽皮的小琪，我笑而不语。

小女孩的花枪就是多。

“哎呀！亲爱的大叔，求求你就陪我去玩一次嘛！以后我天天都给你做好吃的，什么都听你的还不成吗？”见我迟迟不肯咬钩，沉不住气的小琪绕过原木桌椅，像条水蛇一样缠上我的脖子开始撒娇。

片刻，我缴械投降。

Judy 说的对，女人对付男人通常有两宝：撒泼和撒娇。

撒娇的时候，腰围一尺八；撒泼的时候，腰围三尺六。

姑奶奶让男人闻风而逃，花姑娘则引无数你我竞折腰。

这让我突然想起大学时代。

记得那时候的花姑娘张梅也总是让我心惊胆战，具体临床表现为小嘴一抿、小脚一跺、小手一甩、小屁股一扭，实在不行还有小嘴一扁，回回搞得我犹如踩了电门一般浑身酥麻，恨不能立即把她娶回家。

当然，现在小琪的套路也大概如此。

唯一不同的是，小琪的撒娇，意味着我马上就要回家撒谎。

好在对一个男人来说，撒谎并不是一件难事。

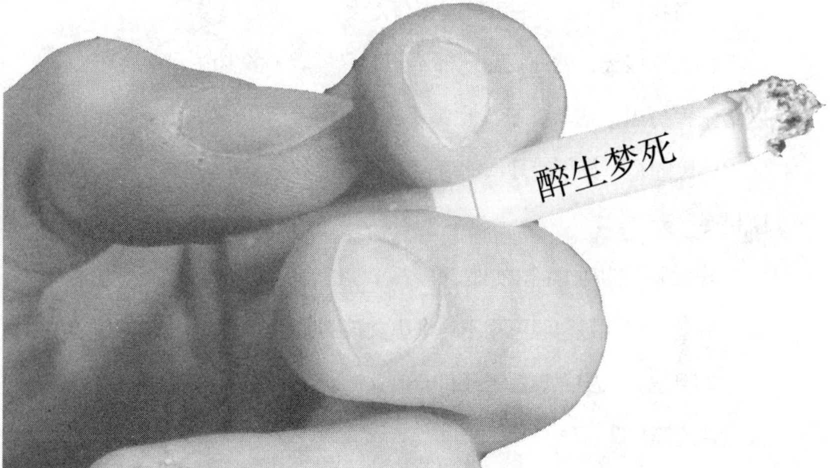
醉生梦死

2012年05月21日

撒娇以及撒谎。

有人说，撒娇是女人的天性，撒谎则是男人的本能。

前者我一知半解，后者算是深有体会。

因为这些天，就连我自己都不知道究竟撒了多少谎。每天下班后给张梅打电话请假，基本上都不用草稿，信手拈来、出口成章。尤为搞笑的是，甚至有几次的谎言连我自己都觉得不去当骗子简直就是暴殄天物。

吴大骗子的功力何以如此深厚?

我想大概就是已经沉溺于一个小女孩的撒娇了吧。

写到这儿，突然想起曾经有一位女性朋友抱怨自己的老公："天天谎话连篇！"

我一笑而过。

这真是一个此地无银三百两的抱怨。

这句话翻译开去，就是当女人撒娇的时候，男人就会撒野，抛头颅洒热血，赴汤蹈火，万死不辞；而女人一旦忘记了撒娇，那么男人就会开始撒谎，而男人一旦决定撒谎，那么请你一定放心：哥保证不会说人话，张开嘴就是神话，嫦娥奔月、女娲补天，怎么传奇怎么来……

所以说，一个撒娇的女人背后，通常都会有一个撒野的男人。

而一个撒谎的男人背后，也通常会有一个渐渐遗忘了撒娇的女人。

2012 年 05 月 22 日

晚上，花花大少请客。

一行四人，郊外的农家小院。

其实跟大少吃饭是一件很享受的过程，既可养胃，还能养眼——从绰约少妇到懵懂女初中生，佳丽们环肥燕瘦、动感十足，如同时令水果一般新陈代谢着，而且印象中似乎还从来没见过哪一个美人有过 2.0 版本。

所以，有时我会异常地羡慕大少。

不为感情献身，不为女人动心，拿得起放得下，是好是坏做的就是这种一锤子买卖，绝不拖泥带水。而再观我等窃窃鼠辈，吃着碗里的，看着锅里的，筷子勺子比翼双飞，实在是下流无耻之极。

——哪有花花大少这般，直接跳进锅里吃来得潇洒？

饭局进行到尾声，张梅打来电话，问我大概什么时候回家。

“一会儿吧，马上就吃完了。”我说。

“你回来的时候帮我去超市买一瓶洗发水吧，我不想下楼了。”

“木问题。”我一口玩笑腔。

“行，那你早点回来，我还等着洗头发呢。”交代完洗发水的牌子后，张梅挂了电话。

我也起身告辞，老奸巨滑的花花大少扫了两位佳丽几眼，不怀好意地嚷嚷起来，“这就不对了吧老吴，咱们不是说好了吃完饭一起去唱歌吗？”

“就是呀吴哥，一起出去玩玩呗！”

“吴哥是不是急着回家交公粮呀？”另外一个佳丽戏谑道。

我不置可否地笑笑。

“哇塞！吴哥真是好男人哦！”

我连忙打个哈哈，脸上一阵燥热，感觉就好像被谁狠狠地抽了一个耳光。

什么是好男人？

有人说，好男人就是反复地睡一个女人，一睡就是一辈子。

这话说得很实在。

实在得让我不由得想起雷同志。想我上下五千年的文明范儿，出过多少绿林好汉，又出过多少英雄儿女，但是像他这样的实心眼，不计报酬，不计恩怨，天天只做好事儿，一辈子只做好事儿不做坏事儿，实在是应该让我们永远去缅怀。

还有人说，好男人就是要诚实憨厚、脚踏实地，心眼儿不能太多，要时时刻刻对老婆宽容加包容，要始终坚持以家庭为基本原则，无论外面多大的风多大的雨，都要三步一回头，五步一招手……

——我越听越像武大郎！

好吧，我承认自己有点儿二逼范儿了。

其实我倒不是怕输不起，关键是女人的心思男人你别猜，猜来猜去也猜不明白。

赚钱的，你怕他花心；老实的，你嫌他窝囊。谁都想嫁一个既能赚钱又很老实的男人，可是多大的萝卜多大的坑儿，你要是既想马儿跑，还想马儿不吃草，那么你现在请告诉我，这是谁这么实在得缺心眼儿？

所以说，在我看来，什么才是好男人？

答：欲海无边，回家是岸！

2012 年 05 月 23 日

前几天从网上看过一个帖子，帖中的女主摆擂比武招亲，说想找一个情人。

理由异常简单。

第一，现在的家庭冷暴力已经让她完全窒息，1982 年出生的她虽然已经是豆腐渣的年龄，可万万没想到已经提前过上了 82 岁豆腐脑的生活；第二，出轨后她会觉得愧对老公，从而学会忍让、迁就……

听上去，这多少有一些曲线救国的意思。

当然，实际真要发展下去不仅异常悲壮，稍不留神大概还会有亡国的悲哀。

我无言以对。

但是不管怎么说，第二条是肯定的。

焦虑、内疚、不安、彷徨……

每次回家，面对的必然都是一桌子疑难杂症。

其实这也正是我现在想对张梅说的。

近一个月的疯狂，其实是冰火两重天的生活。

在外迷途不知归路，回家老马不愿识途。

只是，有时候看到忙里忙外的张梅，或者是深夜躺在床上孤独地玩着手机的张梅，又或者是清晨坐在梳妆镜前迟迟不能离开的张梅……

每每此时，所有的思绪都会重新返回人间。

“执子之手，与子偕老；死生契阔，与子成说。”

对不起，是我背叛了我们矢志不渝的誓约，推倒了责任与义务的城墙。

人到中年，我突然迷失至荒诞之极，甚至还把你当作了我怀疑自己人生的祭品。

我愿意承担所有的诅咒，可惜诅咒没有法律效力。

我时常进行良心上的自我谴责，却依然换不回对你的真金白银。

站在超市的洗化柜台前，买完张梅指定品牌的洗发水后，我深深地叹了一口气。

想来想去，总觉得少了点什么，忽然想起昨天早晨看到张梅的香水瓶快要见底，于是来到隔壁的香水专柜，刷卡的时候，看着收银员灿烂的笑容，我的心微微一动，想象着张梅开心的样子，心里顿时好受了许多。

2012 年 05 月 25 日

回到家，女儿已经进入了梦乡。

看见我手里拎的大包小包，张梅笑眼弯弯：“哇，你疯了？”

我微笑着点头，暗自飘飘欲仙。

“到底怎么回事儿呀？干吗买这么多东西？”

“喜事儿天天有，今天到咱家。”

“什么喜事儿呀？说出来也让我乐呵乐呵呗？”

别急，张梅乐呵之前，还是先让大家乐呵一下吧。

经典案例：

话说有一天，A 哥心血来潮，为了改善夫妻关系，砸锅卖铁斥以巨资购得大抱玫瑰，然后哼着反革命小曲回了家，本以为进门后能当一回 VIP，结果差点被逼上梁山，结结实实地当了一次 PIV。

据其血泪控诉，A 嫂当时一蹦三尺高，如同鬼子进村一般虎视眈眈，手机通迅清单、QQ 聊天记录、电子信箱，甚至连 A 哥的内裤都扒下来审查了几遍，从新闻联播一直纠缠到午夜剧场，翻来覆去的就是一句台词：你为什么要送我玫瑰？

对啊，神经病！你为什么要送我玫瑰？

无事献殷勤，非奸即盗！

“我贱！”最后 A 哥走投无路，只得屈打成招。

……

控诉到最后，A 哥长吁短叹，苦口婆心：兄弟，听哥的，以后千万不能犯贱。

我故意逗他：这就不对了吧？女人不都是喜欢花吗？你问我爱你有多深，玫瑰代表我的心。

A 哥眼泪汪汪：“千万别信！”

“坑爹啊！”

我直接笑翻。

所以说，讨好女人可以送玫瑰花，但是讨好老婆一定要送“雾里看花”。

相信我，一瓶“殷勤牌”的香水绝对不会给你带来什么好运，老婆表面笑纳，内心嘀咕。

嗯，香水有毒。

所以，这一次我不仅买了香水，还给女儿买了一套拼图、一套芭比娃娃、一副画架，然后又买了两大袋子牛奶火腿面包之类，把冰箱塞得满满当当。

尤其值得一提的是，还给自己买了一双皮鞋。

台词也是现成的：“忙了这么多天，终于搞定了一份合同，慰问一下你们娘俩。”

前有车，后有辙，环环相扣、滴水不漏，纵然 A 嫂附体，相信张梅也断无杂心。

你说我这招儿叫什么？

“嗯,大哥,我看你这怎么着也应该是‘明修栈道,暗度陈仓’吧？”

呸!

他那是孙子兵法!

我这可是老子兵法!

我这叫“明骚易躲，暗贱难防”!

2012 年 05 月 26 日

“跟你说个正事儿。”

洗完澡回来，张梅一边用毛巾擦着湿漉漉的头发，一边说道。

“先办完咱俩的正事儿，再说你的正事儿行吗？”我不怀好意地笑。

张梅顿悟：“哟，你还记得这茬儿呀？”

“我还以为你不会了呢！”紧跟着她又嬉皮笑脸地揶揄了我一句。

“最近这不是忙嘛！不过你放心，功夫一直没落下。”

“那你的意思就是一直深藏不露呗？”

“露什么呀？酒香不怕巷子深！”我得意地顺着张梅贫。

自然，我说的正事儿是每周一歌。

不过从张梅的态度上来看，显然我这歌儿没怎么唱好。

其实也不是没唱好，实际上这段时间压根儿就没唱过。

到哪儿山头唱哪儿歌，这一个山头唱过了劲儿，另一个山头难免就怠工熄火。

没有金刚钻，别揽瓷器活儿，所以说脚踩两条船实非易事：心理要强，生理要猛。

两个脑袋连轴转，两头抓，两头都要硬，着实可恨又可怜！

张梅的正事儿是买房子——学区房。

明年女儿要上小学，而这个沿海小城最好一所学校的借读费已经炒到天价，未雨绸缪、时不我待，张梅的意思是鸡蛋只有放在篮子里心里才踏实，多跑冤枉路少花冤枉钱，小算盘敲得噼里啪啦。

“还是再等等吧，现在房产低迷，大家都持币观望呢。”我说。

“让我说还是别等了，咱们又不是炒房子，再说学区房都是刚需，再降能降多少呀？我听说房源都很抢手的！何况咱们赚了钱都是为什么呀？不就是为了女儿吗？你也不想眼睁睁地看着她的学习环境比别人家的孩子差吧？”

“非得现在买吗？”我问。

其实我还是想再等等。最近有些焦头烂额，本来今年经济下行、生意惨淡，公司业绩已连续两个月亏损不说，前几天跟了大半个月的肥单又被横刀打劫，急得我脑袋冒烟、脚底起火，看谁都觉得欠我一大笔钱。

“我不想再等了。”张梅确定立场。

“那好，你定吧。”

我暗暗叹了一口气，吃人嘴短，拿人手软，孽债也是债，是债就得还。

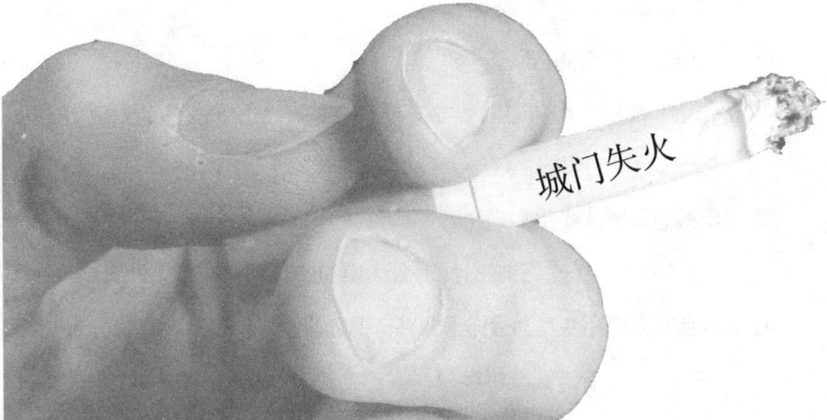
城门失火

2012 年 05 月 28 日

深夜，书房。

和 Judy 网上聊天。

“最近忙什么呢？”她问我。

“出轨。”我言简意赅。

每个人都有倾诉的欲望，要么有适宜的时间，要么有适宜的对象。

“天哪！真的假的？这一天我等得好辛苦呀！”她发来一连串幸灾乐祸的表情。

“那女孩是谁呀？干吗的？怎么认识的？你们滚床单了？”她比居委会的大妈还八卦，看样子要兴奋得顺着网线爬过来。

“故事太复杂，又没有字幕，不适合你。”我噼里啪啦地回击着键盘。

“那有没有被嫂子发现？我觉得这个问题挺适合我的，哈哈！”

“到目前还没有，不过我总有一种不好的直觉，这恐怕会是早晚的事儿。”

“什么叫早晚的事儿呀？你的意思是想就这么一直挺下去呗？直到东窗事发、原形毕露？”

“那你说我应该怎么办？跟那女孩儿说分手？告诉她说我就是想玩玩？”

“老大，你烧糊涂了吧？婚外情本来就是寂寞撒的谎嘛！玩得起就玩，玩不起就散，难道还要跟她结婚生 baby 呀？！”

“鱼与熊掌不可兼得，选一个啦！”她越说越猖狂。

“不选。”我干脆黑灯。

“没关系呀，反正总有一天你会选的，不过别说我没提醒你哦，就怕到那个时候你没得选！”

10 环！

必须承认，Judy 干净利索地给了我狠狠一击。

与她告别后，我去洗手间里用冷水洗了一把脸，看着镜子里面那个衣冠楚楚的男人，空洞的眼神，麻木的表情，每一个毛发细孔里都好像正在流淌着臭不可闻的戾气，就像一具正在渐渐腐烂的身体。

“就怕到时候你没得选！”

我不由得苦笑出了声，这确实够可笑的。

肇事之初，总以为自己能收放自如。

蓦然回首，才发现原来早就已经四面楚歌。

小琪于我，是一朵突然绽放的罂粟花；

张梅于我，是一朵颜色褪尽的红玫瑰。

前者正在为我盛开，后者已经为我凋零。

只是，该怎么选？

我们的世界黑白分明，只有秦晋之好，绝无齐人之福。

要么薄情寡义，要么忘恩负义。

既然如此，选与不选又有什么意义？

2012年05月30日

关于小琪。

好吧，现在我要说，我已经深深地迷恋上了这个姑娘。

举手投足，一颦一笑，甚至是她的一个眼神，都已让我不能自拔。

这是张梅从来都没有给过我的感觉——这是我很想说的一句话，可惜不是真的。

虽然我曾经努力说服自己去相信这一点儿，去相信小琪不是张梅的复制版，因为这样看上去至少会让自己显得更道貌岸然一些，可前想后想、左想右想，都太为难道貌岸然了，还不如衣冠禽兽来得经济实惠一些。

看到这里，也许你会问我：你是不是已经爱上了她？

我不知道。

短短十几天的热恋，我已经彻底沦陷。

每天都犹如打了鸡血一般兴奋，身体上的每一个毛孔都在跳舞……我也希望这是爱情，可是如果爱她，那么我就应该离婚，光明正大地和她徜徉在阳光之下；或者放手，放弃这份注定没有结果的感情，还给她一片没有委屈的天空……

可惜，这两者我都做不到。

最起码现在做不到。

可是如果不爱，我为什么又总是一次又一次地感觉到了她？

“我想告诉你，我没有想过离婚。”我说。

“呵呵，没人让你离呀！你真以为我想嫁给你？少臭美了！”

“……”

“其实我就是想和你好，就是想和你在一起。”

“你这么说，我觉得自己更无赖了！”

“你本来就是一个无赖嘛，嘻嘻，我也是！我们都是无赖！”

无赖，这真是一个准确的定义。

所以，我们就可以扯着恋爱的大旗，将自私演绎到淋漓尽致。

我是无赖我怕谁！

2012 年 06 月 24 日

插播广告 1：

有一次和 Judy 聊天。

她问我："你们男人到底喜欢什么样的女人？"

"漂亮妩媚的女人。"

"真肤浅！"她鄙夷地看着我。

"那你说我们男人应该喜欢什么样的女人？"

"内在美！"

"这就不对了吧？"我煞有介事地从头到脚细细打量着她：夏威夷式浪漫风情的波浪长发，香榭丽舍大街般的精致五官，热带雨林的吊带，日本 AV 的黑丝，还有一双差不多八百多寸的高跟鞋……

总之一句话，近看是人，远看是妖，这好像没内在什么事儿呀？

"其实你内在已经够美的了，要涵养有涵养，有知识有知识，干吗还把自己打扮得那么漂亮性感？"我笑得异常猖獗。

"我这叫美上加美。"

"臭美！我看这应该叫美上加肤浅！"

"……"

"怎么？没电了？"我得意洋洋。

"哼！懒得理你！"

看到了吧，这就是女人的逻辑。

一边骂你肤浅，一边又大张旗鼓、不遗余力地迎合你的肤浅。

一边狠狠地骂你坏，一边又恨恨地把你爱。

男人不坏，女人不爱嘛！

所以说，每一个女人都是一个漏洞百出的原告。

2012年06月29日

夏天的第一场暴雨到来时，叶子夫妇已经吵得不可开交。

感情决裂，物质弥补。

车子、房子、票子，零零散散加起来差不多有三百多万。骚货老外自知罪孽深重，落落大方地提出愿意分一半家产给叶子，可惜后者对此招安政策毫无兴趣，一张嘴就是黑社会里黑吃黑的套路，“他妈的，谁出轨谁净身滚蛋！”

叶子喝着红酒，吐着烟圈，眼影画得就好像一圈圈年轮。

——怎么看都不像是一个失意妇女的模样。

倒更像一个失足妇女。

“她正偷偷地忙着转移财产呢。”趁叶子去洗手间的工夫，张梅小声跟我说。

“我觉得你最好离她远一点儿，她现在可是一个标准的怨妇。”

“其实我也一直都是怨妇。”张梅幽怨地瞥了我一眼，然后又用食指轻轻地戳了戳我的心，接着说，“我都不知道你这里成天都在想什么。”

“怎么还草木皆兵了呢？我看是你中她的毒太深了！”

“或许吧，其实就是替叶子感到不值，你说我们女人辛辛苦苦地操持着一个家到底是为了什么？到头来又换到了什么？实话跟你说，这次叶子确实提醒了我一件事儿，那就是女人不能只为了家庭而活着。”张梅眼神越发的黯淡。

“你想说什么？”

“没有呀，我是怨妇嘛。”张梅挤牙膏一般挤出一抹笑容。

我隐隐有些不安。

三个女人一台戏，两个女人是同一首歌。

这几天张梅和叶子成天泡在一起，逛街、吃饭、喝咖啡，甚至有时候半夜都有煲不完的电话粥。她们的话题用鼻子都能猜个大概，无非是叶子的控诉大会开完，再召开张梅的防汛会议，中心思想是男人没一个好东西。

所以，这几天张梅的情绪很是低落。

当然不只是张梅，我相信任何一个在她这个年龄段的女人都开心不起来。

岁月蹉跎，美人迟暮，江山辈有“武才人”出。

虽说宪法有云：“男女平等，女人管着生孩子。”可泱泱大国，巍巍中华，基本国情却是女人三十豆腐渣，三十男人一朵花。

从前是一朵鲜花插在牛粪上，现在是豆腐渣上盛开了牵牛花。

总之，戏路越走越窄，年龄越走越宽，眼看着90后们噌噌地没心没肺地疯长，左看右看，上看下看，原来每一个妹妹都不简单；想了又想，猜了又猜，老公们的心事越来越奇怪。

“你知道叶子是怎么发现她老公出轨的吗？”张梅意犹未尽。

“你不是说过吗？再狡猾的狐狸也逃不过猎人的眼睛！”一时吃不准她葫芦里卖什么药，我只好打哈哈。

“其实很简单呀，他就是突然之间对她太好了，每次出差回来都会给她带一些礼物，生活上对她百依百顺，可公粮总是交纳不足。你知道这叫什么吗？欲盖弥彰，作茧自缚。”张梅似笑非笑地看着我，自问自答。

“我怎么觉得你好像是说我呀！”我笑。

“有吗？呵呵，我倒没这么觉得。我只是想说其实女人的心是很细的，你想一想嘛，夫妻两个人一张床上睡了那么久，什么风吹草动能瞒过眼呀？就拿你来说吧，你鼻子一翘我就知道你想朝哪儿飞！哦，对了，刚才你说这个周末跟客户去哪儿？”

“不一定去，还没定下来呢。”我四肢阵阵发麻，完全被张梅忽悠乱了阵脚。

“要不带着我和孩子一起去吧。”

“这不太好吧，毕竟是工作。”

“我知道是工作，不过你放心好了，到时候你忙你的，我和女儿随便转转，保证不耽误你。”

我心头一热。

他娘的！

什么叫城门失火，殃及池鱼？

我拿脑袋下注，这事儿百分之百是叶子干的！

2012 年 07 月 06 日

小琪之前，其实我曾经有过一次走火。

那是一个灿笑如花的江南女子，我们在一次展销会上相识。

那时她已嫁，我已娶。

后来没过多久，她有一个为期三个月的项目来我这边发展。三个月的时间虽然不是很长，但是足够发生一个很长的故事，可惜这个故事终究还是未能幸免于俗套，所以为了防止大家睡着，我还是直接说结果吧：我们一起吃饭，一起泡吧，一起轧过大半夜的马路。

当然，还有一起未曾越雷池一步。

那时候，我的家庭幸福，她的婚姻美满。

冥冥之中，似乎谁也不肯让这份精神之恋流于庸俗。

我记得那时候经常下雨，很多次下雨的时候，我们都会泡在一家街角的咖啡馆里看着窗外发呆，谁都不说话，只是静静地看着那些溅落在玻璃上的雨滴，看着它们蜿蜒曲折、错综交汇。

犹如彼此的心路。

也许这听上去就像一个童话，可是我保证每一句都是人话。

后来张梅似乎也觉察到了什么，然后没过多久也顺利地截获了她发给我的短信。

这条信息至今还保存在我的手机里：天长地久有时尽，此爱绵绵无绝期。

张梅问我什么意思。

我嘴硬，说别人发错了。

“发错了？你觉得我像个三岁小孩儿吗？”

我只得如实招供。

“其实你知道吗？如果在精神出轨和肉体出轨之间选择，我宁愿希望你是后者。多长时间可以处理干净你们两人的柏拉图之恋？三天时间够不够？”

事实上只用了一天，我和她便结束了那一场风花雪月，从此杳无音信，再无纠葛。

那时候，我怕张梅伤心。

可是四年后的今天，纵然我对现实生活失去了信心，纵然对张梅有一万个不满，甚至有无数次想要摧毁婚姻的冲动，可是当它真正来临的时候，我发现我的第一反应竟然还是中止大峡谷之约。

这说明，我依然惊慌失措。

这说明，张梅在我的生命中依然还是那么真实。

“天长地久有时尽，此爱绵绵无绝期。”

这次张梅敲的边鼓如此迅猛，我相信绝对不是什么凭空臆测，也绝非是单纯靠叶子的煽风点火那么简单。

百密一疏，千虑一失，她一定是感觉到了什么。

所以，我想我应该和小琪好好地谈谈了。

张梅没有把盖子揭开，或许是还没有真凭实据，也或许是想给我留一条退路。

但不管是哪一种猜测，结果只有一个：现在在她的眼里，我们已经成了贼。

没有人愿意做一辈子贼。

没有哪个贼愿意被当场人赃俱获、游街示众。

要么金盆洗手，要么作茧自缚。

所以，也许我应该向小琪承认，我是一个懦夫。

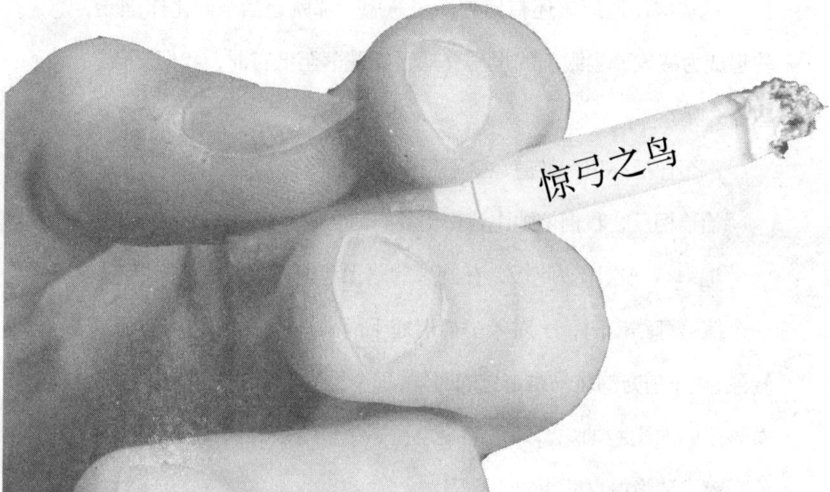
惊弓之鸟

2012 年 07 月 12 日

美剧《绝望的主妇》里有一句台词：男人勃起的时候，是没有任何道德可言的。

其实这句话应该还有另外一个意思，那就是当坚硬化作虚无，勃起成为疲软，当眼前的世界又从云端跌落至低谷时，我们又该说些什么呢?

甚至包括小琪，难道她就不想说些什么吗?

恰恰相反，我相信她比我有更多的话要说。

记得有一次出去吃饭，在回来的路上我们你侬我侬，但是经停一个信号灯路口时，一对年少情侣拖手而来，他们十指相扣、步态轻盈，从车前方的斑马线走过的时候，那个男生不知道说了一句什么，女孩子顿时满脸灿烂，肆意的笑声竟然绕过嘈杂的街头，透过半开的车窗，清脆得直抵我们的心房。

此时，午后的阳光正温柔抚摩着他们的脸庞，看着他们旁若无人地在街头嬉闹追逐，我和小琪下意识地对视一眼，我的心如遭雷击般猛然一颤，迅速进入睡眠模式，直到身后不耐烦的汽车笛声响起才清醒运转，而小琪则干脆直接进入了省电模式，一直到送她回家，都没有再跟我说过一句话。

我相信，那是我们离自己最近的一次。

其他时间，都是在假装。

假装别人。

假装快乐。

假装没心没肺。

“小琪，我想和你谈谈。”

“小琪，我们还是分手吧。”

下班后，载着小琪，我如坐针毡，开始在心里翻来覆去地酝酿台词。

从来都没有觉得自己会如此失败，分手堪比分尸。

“怎么了？”拐过几个路口后，小琪渐渐觉察到了我的异样。

我摇摇头，一语不发地慢慢把车拐上马路副道，停车，熄火，抱方向盘。

“到底怎么了呀？”

“明天我不能陪你去大峡谷了。”我继续把脑袋埋在方向盘上。

“为什么？”

“我想她已经知道了我们的事情。”

“什么事情？谁知道了我们的……”问着问着，小琪猛然醒悟，戛然而止。

我慢慢地抬起头来，对着面部僵硬的小琪点点头。

“你的意思是，我们要分手了？”沉默片刻后，她泪眼盈眶。

“……”

“你不说话就是默认！”

“对不起小琪，我……”

“你不要说话！我不想听！”她飞快地打断我，手忙脚乱地拿着身边的包，拉开车门后语无伦次地尖叫着，“其实你没什么对不起我的，都是我的错！是我对不起你们，我不怪你，我只是、我只是……”

“我恨你！”

2012 年 *07* 月 *15* 日

我追张梅那时，压力山大。

泱泱校园，猛男汹涌，帅哥泛滥。有的钱多，有的模样好，她们班里还长期潜伏着一个人高马大的特务，该特务是校篮球队的主力前锋，足足高出我一头不算，据说一顿饭能吃 20 个大肉包子——差不多有一脸盆！

先有“近水楼台先得月”之利，又有“一个脸盆在腰间”之势。

可想而知，当时我等情敌们有多苦逼。

于是，辗转月余，众将们渐渐挂起白旗，另起炉灶。

我也愁得寝食难安，大小便屡屡失禁。

其中还有几次在张梅面前遮遮掩掩地诋毁他是个吃货，后来不知怎么走漏了风声，“脸盆哥”得悉后放言要取我的首级，我也口口声声要敲断他的狗腿，一时之间剑拔弩张、杀气四溢，据说还有些校园好事分子纷纷开盘口下注押宝，闹得沸沸扬扬、满校风雨。

“夺妻杯”拳击大赛最终还是被张梅同学巧妙化解——她认了“脸盆哥”为干哥哥。

我气得七窍生烟，给张梅下了最后通牒，要么选他，要么选我！

张梅对我嗤之以鼻，骂我庸人自扰。

后来这事儿逐渐不了了之，因为“脸盆哥”对张梅那真是好得没法说：

张梅上课，他帮着占座。

张梅打饭，他帮着排队。

还有一次我和张梅发生了争吵，她掩面而去，十几分钟后“脸盆哥”卷土杀到，二话没说上前一拳把我身旁的玻璃窗子捣个对穿，然后冲着我的鼻梁扬了扬鲜血直流的拳头，一字一句地告诉我：既然她是你的女人，那么让她开心就是你的责任！

是的，责任。

十几年后的今天，当我再次回想起当年的那一幕场景，回想起那一只鲜血淋漓的拳头，依然羞愧难当。

因为我一直都是一个缺乏责任心的人。

翻开自己的情感路程，简直可以用不堪回首来形容。

张梅之前，我有过数位女朋友。最长的时间是初恋，不到一年分道扬镳，最短的是一位烟台女孩，只有短短28天。还有一个叫欣子的姑娘温柔如水，漂亮的大眼睛，齐耳的小短发，脸上永远挂着蒙娜丽莎般的微笑。

她给我写过三年多永远都不会寄出的情书，后来在她结婚的前一夜，全部付之一炬。

几年后的一天，当我们偶然同城相逢，在一家麻辣川菜饭馆里，她手端酒杯面含微笑，说你知道吗？其实我从来都没有恨过你，因为从我们开始那天，我就知道你是花心的，你会不断地爱上一个人，同时也会不断地遗忘一个人……

“你最爱的那个人，其实是你自己。”

“干杯！”我把杯中的酒一饮而尽。

她说的没错，这就是那个毫无修辞的我自己。

得不到时万般索求，得到后又束之高阁。仔细看看自己走过的每一部爱情剧场，尽管我们可以在里面翩翩起舞，尽管里面的每一句甜言蜜语都是发自肺腑，但现在看上去倒更像是一幕幕触景生情的答谢台词。

“我爱你。”

没错，只可惜我更爱我自己。

由此可见，这十几年来，我一直都没有长大。

2012年07月24日

苦逼的时候，我喜欢一个人四处走走。

有时候去海边，这个恬静的沿海小城有着狭长的海岸线，有足够多的僻静沙滩可以坐上大半个下午；有时候去郊外的农田，或者去儿提时代经常去玩的山洞，还有一次在梧桐树下看一群蚂蚁碌食，看它们忙碌地用触角打招呼，看它们齐心协力地搬运一只蜻蜓的尸体，后来我恶作剧地把蜻蜓尸体挪开，没多一会儿它们又不甘心地爬了过来，我干脆取一个石块横在几只蚂蚁面前，那是它们的喜马拉雅山，后来又给了其中一只不甘心的蚂蚁狠狠一口口水，变成了它的2012……

人人都有一面镜子。

每一个婚姻里都有两只不确定的蚂蚁。

正如我和张梅的婚姻。

“当初为什么要结婚？”

这个问题一次又一次地难倒过我。

因为爱情？

不确定。

只能确定因为爱情让我们相识相知，或者说婚姻证明了我们曾经轰轰烈烈地爱过。

因为责任？

不确定。

彼时男未婚女未嫁，你我都是五五开，谁也不比谁轻松，也就无所谓谁能对谁负责。

“因为找不到不结婚的理由。”

我想这大概就是我的终极答案。

风雨飘摇，六年同舟。

你知我长短，我知你深浅，这是我们跋山涉水、披星戴月练就的旷世奇功。

难度系数仅次于东方不败的《葵花宝典》。

虽非所向披靡，但可顺水推舟。

于是，水到渠成。

2012 年 07 月 31 日

晚饭。

辣炒鸡块、丝瓜鸡蛋、紫菜蛋花汤、黄瓜咸菜条。

星星还是那颗星星，月亮还是那个月亮，篱笆墙里的女人依然还在盛着那碗一百年不变的紫菜蛋花汤。

“明天你到底还出不出差啦？”看上去，张梅好像是在漫不经心地问我。

“不去了，客户取消了。”

“为什么取消了？”

“取消的原因有很多，但是结果只有一个，那就是这个项目已经不再合作了，我这么说你能听明白吗？”我意味深长地看着张梅，大家都是明白人，希望我的眼神能让她明白什么是点到为止、见好就收，何必孜孜以求、“毁”人不倦？

“那明天咱带着女儿出去玩玩吧？”沉默片刻后，她又回应。

“爸爸，我想出去玩！”一听到玩，女儿顿时兴奋得嚷嚷起来。

“好啊，你想去哪儿？”我问她。

“嗯，俺还木有想好，一会儿再告诉嫩！”女儿已学会了用五颜六色的腔调来表达她自己的幽默。

“不如我们去诸城恐龙园？”张梅提议。

“再说吧。”我情绪有些低落。

这不难理解，半个小时前刚刚遭遇一场地震，我现在没有心情站在台上再假装一场 party。

“什么叫再说吧？”

“就是明天再说啊。”

“为什么？现在不能定下来吗？”

“难道我们现在就要去吗？”面对着穷追不舍的张梅，我也不甘示弱地看着她。

四目久久相对，犹如两军阵前对峙。

“我就想知道为什么现在不能定下来！”张梅坚持继续逼供。

“为什么！为什么！为什么！哪有那么多为什么？世界上每天都有那么多好人无缘无故地死掉，你能告诉我为什么吗？”

“你这是什么态度？”

我彻底崩盘。

2012 年 08 月 01 日

其实很多时候，我真的是对老吴和张梅这对超级组合佩服得五体投地。

——佩服我们两个居然有勇气能走到现在。

天知道我们有多少个不同点，爱好根本就不在一次元上：

我喜欢邓丽君，她喜欢莫文蔚；

我喜欢看有人的书，她喜欢看有鬼的书；

我喜欢 CCTV2，她喜欢 CCTV3；

她向往的男人西装革履，我一年四季穿着牛仔裤；

我认为高跟鞋的鞋跟长短是女人的性征之一，她却总表达出来特征之一；

……

当然了，实事求是地讲，我们还是有一些共同点的，要不然生活该有多黯淡。

比如说，我们的脾气都很倔。

一点就着，一着就炸，炸就炸一个粉身碎骨。

再比如，忘性都奇大。

今天放置的东西，明天就得把世界翻个底朝天，有时候明明是她收拾起来的，可面对我的追问，她的嘴巴硬得就像一块刚从厕所里拿出来的石头，直到最后我发现黄河拿到证据，她才尴尬闭嘴。

为此我摔过门、砸过墙、抱过树……

可没多久后依然如故。

慢慢地，我开始臣服于她，我说我放的东西以后你别动。

她也渐渐领悟了真谛：你自己的东西自己放好啊！

“别以后找不着又赖我！”

你不知道，在听到第二句话之前，我有多想掐死她！

——如果一句话就能表达完故事的主题，何必非要再浪费一句台词暴露自己的智商？

于是，吵！吵！吵！

吵得山无棱，吵得天地合，吵到誓要与君绝。

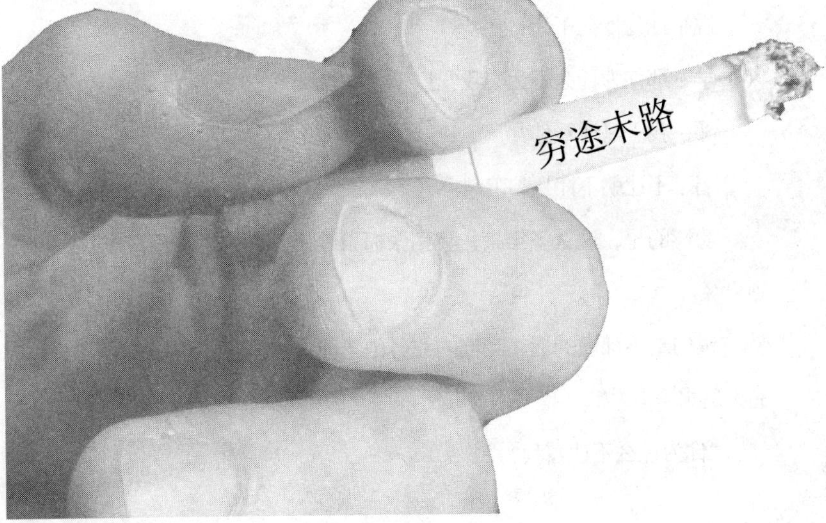
穷途末路

2012 年 08 月 02 日

“为什么你们总是有吵不完的架？”有次 Judy 问我。

“因为我们一直都没有学会吵架。”我苦笑自嘲。

是的，在我看来，夫妻吵架是一门学问，讲究的是说、学、斗、唱。

说：你为什么不让着我？

学：那你为什么不让着我？！

斗：我干吗让着你？

唱：不让就不让！呜呜……

遗憾的是，这么多年来，我和张梅只吵了一嘴狗毛，一直未吵到真经。

说句毫不谦虚的话，我们的业务创新能力大概还停留在幼稚园的小班水平。

“你为什么不让着我？”

“那你为什么不让着我？”

“我干吗让着你？”

“那我干吗让着你？”

“有病！”

“你有病！”

“你有病！”

“你有病！”

“你有病！”

“你有病！”

“你有病！”

……

你看，都他娘的有病！

两台有病的复读机！

“我现在不想和你吵架。”看着身边的女儿，我提醒张梅。

“我也不想和你吵！”

“那都别说话了行吗？吃饭！”我用筷子狠狠敲着碗沿。

这时候，我的手机响了，是一条短信。

“谁呀？”张梅顺手拿起我放在餐桌上的手机。

“我建议你把我的手机放下。”我的手只慢了一步，内心突然涌出一种不祥的预感。

“怎么了？我看看怎么了？”

“你觉得合适吗？”

“有什么合适不合适的？你是我老公，我当然有权利看了。”

“你小学没毕业吧？不知道尊重别人的隐私？”

“两口子有什么隐私不隐私的！”她继续无赖。

“我再说一遍，你把我的手机放下。”

“我就看！”张梅已经赌气地打开了我的手机。

片刻后，她的脸色接着阴沉下来。

2012 年 08 月 03 日

我曾经问过我那二婚的朋友，怎么说离就离了呢？

这在我当时看来，确实有些匪夷所思。

朋友虽说花心，但绝不花眼。一夜夫妻百日恩，左边是近十年的感情，没有功劳也有苦劳；右边是仅仅几个月的雪月风花，既可路过也可错过，所以孰重孰轻一目了然，何况朋友也过了冲动的年龄。

再加上，他们还有一个 6 岁的宝贝儿子。

朋友深深地叹了一口气，唉，不离又有什么办法？

我仿佛已经看到了朋友的无奈。

是的，潘多拉盒子已经打开，血淋淋的真相已经横在我们面前，就算破镜可以重圆，但是裂痕已在，那会成为我们一辈子的噩梦，谁也不知道它什么时候会从角落里张牙舞爪地跳出来，扑向我们好不容易堆砌起来的幸福；谁也不会明白为什么每次吵架都要拿它出来过堂……

女人歇斯底里，男人恼羞成怒。

一旦崩溃，一律不得保全。

所以，当张梅拿起我的手机时，我就知道我们完了。

"你和她多长时间了？"张梅发球。

"……"

"我问你话呢，你和她多长时间了？"张梅"啪"地把手机扔回桌子上。

"什么她？"我拾起手机，短信箱里空空如也。

——张梅把那条短信删除了。

"就是送你鞋子的那个她啊！"张梅死死地盯着我脚上的皮鞋。

2012 年 08 月 23 日

天下没有不散的宴席。

每一个故事都会有一个结局，或精彩、或失落、或难过……

亦或者，仅仅就只是一个结局。

就好像我和小琪。不同的是这个故事的两个主角从开始就明白，一个是中年大叔的人生浮躁插曲，一个是懵懂少女的误打误撞之路，两个“无赖牌”的多情男女痛并快乐着，由此注定我们一定会黯然收场。

唯一没想到的是结束会来得如此仓促，以至于连分手告白都措手不及。

“我恨你！”

这大概是世界上最绝望的人生宣言。

她恨我什么？

恨我是一个懦夫？

恨我只是一个玩弄女性感情的流氓？

还是恨我结局来得太突然？

那天站在摩肩接踵的街头，看着小琪仓皇而去的身影，我长长地吁了口气，不管她恨我什么，总之都结束了，只是奇怪的是，我惊讶地发现自己竟然完全没有想象中的那么难过，更多的反而是一种释然——终于解脱了。

是的，如释重负。

吃不到葡萄前，葡萄永远都是酸的。

吃过了才发现，其实也没有想象中的那么甜。

当然，我说的葡萄并不是指小琪。

而是两颗葡萄：她+她。

肉体上的欢娱，感官上的刺激，终究是昙花一现;精神上的折磨，心灵上的溃败，才是渗入骨髓的彻夜难眠。每天出门看到小琪，她是我的压力山大；晚上回家，张梅又是我的一座大山，我就是那个立在中间的不倒翁，每天东倒西歪、前仰后合，看似通吃八方，实际寸步难行、滑稽可笑。

第一次，我感受到出轨的不堪。

第一次，我开始同情起每一个出轨中人，为了小脑袋，拼了大脑袋，个中酸楚……

那俗话怎么说来着?

只见贼吃肉，没见贼挨打!

2012 年 09 月 02 日

关于出轨。

地球人都知道，家花没有野花香。

所以，每个人都很忙。

家花忙着关门，野花忙着绽放，剩下的你我他们深情款款，天天边走边唱：我家大门常打开，开放怀抱等你……

由此可见，出轨之所以能成为一个热门行业，实在是因为这行业太没什么技术含量。首先入门门槛低，只要上面有想法，下面有办法就能出门；其次上路的风险系数也小，法律管天管地，难管你我愿意，反正老婆不发威，谁都是病猫。

就算老婆发威也没什么大不了，因为还有最关键的一条：看事不好，拔腿就跑。

——曾经，你以为他是风一样的男子。

最后发现，他果然是风一样的男子。

遗憾的是，显然这次我跑得还是不够快。

不过张梅的举动也确实匪夷所思，她删除的那条短信到底说了什么？

“既然分手了，那就把我送你的皮鞋扔了吧。”从她的反应来看，这应该是短信中最接近真相的答案。可如果真是这样，以这么多年我对张梅的了解，她一定会手握铁证、揭竿而起，毫不犹豫地把短信砸在我的脸上。

看到这儿也许你会说，也许她删除短信是大智若愚，故意给我留了一条后路，不想把事情搞僵。

如果你真要这么想，那么恭喜你。

答错了！

因为事实很明显，今天晚上她穷追猛打就是想揭开盖子，不然不会把皮鞋端上来。

所以，只有一种可能，那条短信并没有什么营养。

删除，只是为了把被动变主动。

浑水摸鱼，她想让我自乱阵脚、不打自招。

分析完各项技术指标后，我顿时有了底气。

“你说什么？”我开始反击。

“你脚上的鞋子，谁送给你的？”

“我不是已经告诉过你了吗？从超市买的。”

“多少钱？”

“忘了。”

“既然是从超市买的，那为什么超市的购物小票上没有记录？”说完后，张梅转身从床头柜子里把购物小票拿了出来。

看着那张对折整齐的购物小票，我顿时凌乱。

“那就是从专柜上买的，这么长时间了我哪想得那么清楚。”

“确定吗？”张梅意味深长地看着我。

“不确定还能求助场外观众吗？”我挑衅地看着她。

“你要是不确定的话，我可以提醒你，你去的那家超市根本就没有这个牌子的专柜。”

2012 年 09 月 03 日

一双皮鞋的前世今生。

“大叔，我想送你一件礼物。”有一天，小琪举止神秘。

“无功不受禄。”我嬉笑拒绝。

“可是我已经买了！其实本来我是想送给你一件衬衣的，可是后来又觉得太招眼，怕你回家不好交差，所以想来想去还是给你买了一双鞋子，‘千里之行，始于足下’嘛！你说好不好？”

我只好收下，情到深处意更浓，而且鞋子不错，大小也合适，就是异常的蹩脚。

穿吧，得先过张梅那一关；

不穿吧，恐怕又不好跟小琪交差。

不怕你笑话，那天我被这双鞋子给活活折磨了一个下午，越看越发觉得这不是一双皮鞋，倒更像是一副皮鞭。

想到最后，还是决定穿，既然谎言只有一个，我决定从最简单的入手。

于是，接下来我就去了超市。

再于是，我就大包小包地回了家。

好在那天晚上没过多久，商量完学区房的事情后，张梅也发现了我的良苦用心：“咦，你还买了一双鞋子？”

“促销小姐太热情了，你知道我这人对美女一向是没什么抵抗力。”我台词应付。

“眼光不错哦！”她夸我。

“人总是要进步嘛！”

……

这就是那双皮鞋的前世，有问题吗？

至少在我当时看来，无懈可击。

可是它的今生却让我狼狈不堪、无地自容。

“你居然背地里调查我？”我恼羞成怒。

“我是调查过你，可是你应该问问自己我为什么调查你！因为我不想被别人当作一个傻子，你仔细看着我，看着我的眼睛，你说我真的有那么好骗吗？”

我继续愤恨，突然觉得自己像一只猴子。

“你坦白告诉我，到底是怎么回事儿，我保证不生气。”

“你和叶子不是都已经调查得很清楚了吗？何必再忍受一次煎熬。”

“我就是想让你亲口告诉我。”

“你所知道的，就是我想告诉你的。”我再次冷笑。

冷笑是因为想掩盖自己的可笑。

真是让人惊喜连连，没想到我绕了这么大的一个圈，不但没把张梅绕进去，反而被她挖了一个深深的大坑，不仅眼睁睁地看着我跳了进去，完了还再踩上几脚。管挖还管埋，五星级服务水准，真让人感激涕零。

“我就想知道她是谁！”

“是谁不重要，已经结束了。”

“我知道结束了，可我不想死得这么窝囊。”

“事情不是你想的那么复杂。”我说。

“简单的故事更好，我也不喜欢复杂。”

“你真想知道？”面对张梅的穷追猛打，我决定坦白。

“洗耳恭听。”

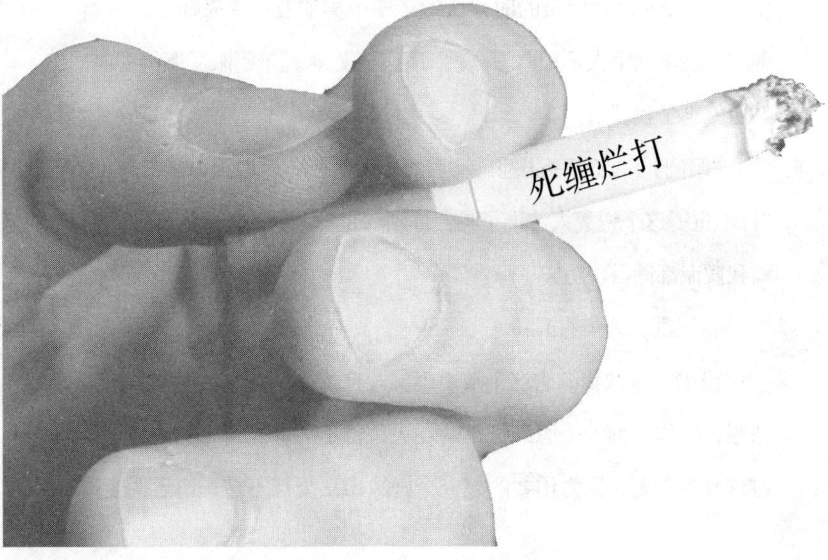
死缠烂打

2012 年 09 月 10 日

“鞋子是 Judy 送的。”

“她干吗送你鞋子。”

“前段时间她相亲的时候认识了一个男朋友，本来鞋子是送给他的，后来两个人不知道怎么就闹翻了，她嫌鞋子碍眼又懒得去退，然后就给了我。”

“呵呵！”张梅夸张地抖动着双肩嗤笑，不屑地用鼻子看着我，“你不觉得这个说辞太幼稚了吗？你到底是怎么想的？难道现在就连对我撒谎都懒得费功夫了吗？”

我沉默，久久的沉默。

没错，这次我编的这个故事确实段位太低，别说入不了张梅的法眼，换作任何一个思维正常的女人，也不会脑残到如此地步。不过这并不重要，因为重要的是一个好故事从来都不是一句话就能讲完的。

“我知道这么说你肯定会觉得太荒唐，可事实就是这样。你不是总觉得我和她关系不正常吗？所以这件事儿我没敢告诉你，我不想让你误会。”

“我没误会呀！她都送你鞋子了，我还误会什么？还有什么可以误会的？”张梅开始发飙。

“对天发誓，我和她绝对是清白的。”我也渐入佳境。

“是呀，你们多清白呀！清白得就剩下一双鞋子！”

“你什么意思？”我疑惑无辜地看着张梅。

“你说我什么意思？别装了！你以为我真不知道吗？除了鞋子，你们不是还已经约好了明天要出去玩吗？”

“……”我顿时语塞。

“还骗我是什么狗屁客户！真他妈的恶心！”张梅彻底暴怒。

2012 年 09 月 11 日

撒谎的最高境界。

大学时代，记得曾经和张梅看过一部电影：《东邪西毒》。

在那部众星云集的电影里面，林青霞所饰演的慕容燕有一句经典台词：如果有一天我忍不住地问起，你一定要骗我，就算你有多么的不愿意，也不要告诉我，你最喜欢的那个人不是我。

这句台词后来一度被张梅同学引奉为圣典，隔三岔五地会拿出来骚扰敲打我几下，只可惜那时的小吴同学尚显稚嫩，每天穿梭在美女如云的校园里，纵有贼心却无贼胆，活活能急死人。

十几年后的今天，我发现这句台词其实同样适用于我们的婚姻。当然事过境迁、物是人非，口味也必有些改变，把它翻译成现代文，基本上等于我那位女同学的原话："其实我知道我老公会出轨，不过没问题呀！只要别让我发现就行！"

你看，彼时校园青青，你侬我侬。

再看，此时婚姻恹恹，我脓你也脓。

"只要别让我发现就行！"

婚姻版的《东邪西毒》，同样经典。

我相信现实中还有很多女人和女同学的观点一致，既然地球人已经无法阻止老公们出轨的脚步，那么就干脆睁一只眼闭一只眼算了，巴掌不打在脸上，你我都可以冒充吃饱了的胖子。

问题是，如果被发现了怎么办？

"离婚！"女同学毫不犹豫。

"他要是不想离呢？"

"那就走法律程序呗！"

“我的意思是说，如果他不想离的话，就可能不会承认出轨，可能会说是一场误会，那么这就跟法律没什么关系，只是一个道德危机。”

“……”女同学顿时卡壳。

我笑笑，这就是我想表达的意思：对出轨而言，穿帮是一回事儿，承认又是另外一回事儿。

不怕告诉你，反正我就没打算承认。

因为这买卖实在是太不划算。

承认就要离婚，这不是我想要的；退一步说，就算苟且不离，但是阴影站在那儿，一辈子都不会给你我好果子吃。

“那你到底想要什么？”

很简单，我就想要张梅知道，这确实是一个误会。

所以说，撒谎的最高境界是什么？

答：真诚！

一定要充分发扬脸皮能有多厚就有多厚的优良革命传统，始终坚持就是一个人在战斗的基本原则，黑的要把它漂成白的，天上飞的要让它变成地上爬的，兵来将挡，水来土掩，镇定从容，一气呵成！

“事情真不是你想的那样。”我继续讲故事。

“你还可以继续编。”

“好吧，既然你什么都知道了，那我也不想再瞒你。这段时间我确实遇到了一个女人，但不是 Judy。她是公司的一个外地客户，我们一起吃过两次饭，而且明天也确实约好了要出去玩。”

“你说什么？”张梅吃惊地看着我。

“我说我和 Judy 是清白的，只是这次遇到了一个很聊得来的女人，我跟她单独吃过两次饭。”

“哪个女人？你们多长时间了？”半天后，张梅渐渐缓过神来。

“一个多星期。”

“她多大？”

“比我小一岁。”

“结婚了？”

“嗯。”

“你喜欢她？”

我点头。

“那她呢？也喜欢你？”

我再次点头。

“呵呵，都是过来人了，两情相悦、干柴烈火，认识一个多星期了难道你们就只吃过两次饭？”

“你是不是觉得只有我们上床了才符合你的逻辑？”面对张梅的冷笑，我大义凛然地拧起眉头提高声音——故事的高潮终于到来。

“怎么了？我问问怎么了？上没上床你自己知道！”

“……”我不语，羞愤地喘着粗气。

“你天天在外面风流快活，我就不能问问？”

“……”我继续喘粗气抗议。

“说话呀，你还有理了呢！”

“OK，OK！”戏已经演得差不多了，我开始举手投降，“反正现在我说什么你都不会相信，那我就什么也不想说了，总之这个故事已经结束了，我现在去洗澡，你自己慢慢地想一想吧。”

2012 年 09 月 15 日

插播广告 2：

女一号问：什么样的女人最幸福？

众女欢呼雀跃，异口同声：好老公！好生活！

女一号又问：那什么样的老公最招女人喜欢？

众女同样欢呼雀跃，异口同声：要成熟！要稳重！要顾家！要老婆！

女一号欢呼：你们的老公好威风！

原本嘈杂兴奋的人群顿时安静下来，众女面面相觑，开始垂头丧气。

镜头推上特写：

A女幽怨地问B女："你老公现在对你还好吗？"

B女无动于衷，目光呆滞地继续看着远方。

C女嘴角浮着一些惆怅的冷笑。

D女啜泣，轻轻擦拭着眼角对E女诉苦："其实恋爱时他还是很疼我的。"

……

背景音乐开始缓缓响起，邓丽君的《甜蜜蜜》。

D女的画外音响起：

你知道吗？恋爱时他总是那么有型。

他宽容体贴，他浪漫幽默；

他温文尔雅，他风度翩翩。

可是，结婚后这个人不见了，取而代之的是：

他锱铢必较，他冷漠呆板；

他横行霸道，他邋里邋遢；

A女特写："对！恋爱时，我们逛街他拎包；结婚后，我们逛街包拎他！"

E女特写，同样愤慨："没错！恋爱时，两人吵架他投降；结婚后，两人吵架我投江！"

……

镜头切换到全景。

众女幽怨。

B女特写，自言自语：“为什么？为什么当初那个我们坚信可以依赖终生的男人完全变了？”

D女特写：“就是呀！谁能告诉我，好老公到底在哪里啊？”

镜头渐渐拉黑，同时背景音乐推进放大。

啊 / 在梦里 / 梦里梦里见过你 / 甜蜜笑得多甜蜜 / 是你 / 是你 / 梦见的就是你！

2012 年 09 月 18 日

前几天，女同学在网上问我，你那帖子还打算继续写吗？

一时间，我云里雾里，为什么不写？

“看到那么多女人在骂你，我怕你坚持不住。”

“你认为她们骂我什么，我才会坚持不住？”

“骂你没有担当，没有责任心，跟老婆成天叽叽歪歪、没完没了，骂你不是一个男人！”

我笑，苦笑的笑。

这确实伤害了老吴那颗脆弱的心，我是说怎么突然之间我连男人都做不成了？

后来我渐渐明白，原来这是一场误会。

因为男人是男人，老公是老公，但是女人们总爱坚持一个逻辑：老公是一个男人。

这话乍听上有些找抽，谁的老公不是男人？

从生理上来说，他应该是；从心理上来说，他更应该是！

我相信这是绝大多数女人当初的择偶要素之一，嫁给他不求荣华富贵，就是希望可以拥有一片没有委屈的天空，你开心的时候，他会陪你开心；你不开心的时候，他会哄你开心；吵架冷战的时候，他会率先讲和；生活遇到挫折时，他更会为你挡风遮雨、披荆斩棘。

好在，这也不是什么技术性难题。

因为很快你会在茫茫人海中找到你的男朋友，可能让你惊喜的是他甚至比你想象中的还要Man，然后你开始暗自庆幸，感谢上苍、感谢大地、感谢CCTV、感谢MTV，终于找到了可以托付终身的人。

于是，欣然结婚。

再于是，等结婚没多久，你突然发现，他娘的！

上当啦！

没错，你终于发现你竟然可悲地嫁了一个影帝。

什么没有委屈的天空？全是蒙人的！

为了骗取你的芳心，原来他一直都在装孙子。

实际上他贪玩，他撒谎，他狡辩，他三心二意，他好吃懒做，他无理取闹……

总之，大概除了不会尿床外，他就是一个堪称集万千缺点于一身的混蛋。

这哪是什么男人中的战斗机？

这简直就是混蛋中的 VIP！

“当初我怎么会嫁给他？”

是的，你会一次又一次地咬牙切齿地问自己，怎么会？

其实很简单，因为大多数老公都是一个半成品的男人。

2012 年 09 月 20 日

半成品男人。

曾经偶尔听过一次张梅和 A 嫂的对话。

张梅：“你家 A 哥真是好男人。”

A 嫂：“何以见得？”

“他脾气那么随和，又顾家又疼老婆，难道还不好呀？”

A 嫂听完，鼻子一下甩到半空中：“哼，你没跟他过几天日子试试！”

“其实我倒觉得你家老吴才成熟呢！”

张梅幽了一默："嫂子，你前一句说的可真对！"

你看，谁说我们的老公是混蛋？

人家明明都是身怀绝技的小清新。

这也正是我们 21 世纪最闪眼的老公：出门万人迷，回家万人恨。

所以，难怪老婆们常常咬牙切齿：在外面阳刚威武、八面玲珑，回到家就甩开膀子跟我装疯卖傻、耍横死磕？到底是我倒了八辈子血霉，还是你刺瞎了狗眼？合着天下女人那么多，你当初情有独钟就是为了专门欺负我一个？

然后，老公们反唇相讥：对呀，当初不是说过了吗？娶你回家就是用来疼的！

怎么疼？

使劲掐！

于是，狗血版夫妻组合顺利出炉。

问题终于来了：老公们到底怎么了？

为什么总是墙内开花墙外香？

其实这并不难理解，因为他一半是男人，一半是孩子。

是的，你没看错，你的老公其实就是一个深藏不露的卧底，就是一个永远都长不大的孩子。

在墙外，他没人疼没人爱，除了耍帅只能耍帅，所以人人都以为他是猪坚强。

回到家，他有人疼有人爱，懒得耍帅只想耍赖，所以你以为他是猪无能。

于是，这时候一个顽劣儿童的本性完全暴露无遗：他贪玩、他撒谎、他狡辩、他三心二意、他好吃懒做、他无理取闹、他不知道给自己买衣服、他不知道每天要洗澡、他不知道热好的饭菜在哪里……

一句话，他已经把你完全当作了一个老妈。

遗憾的是，你却还是把他当作一个男人。

所以说，如果你一天24小时总用一个男人的标准去要求自己的老公，那么恭喜，用不了多长时间，也不用麻烦《葵花宝典》，你一定会顺利地把他改造成一个跟你一样斤斤计较的称职女人。

然后你，也一定会洞房惨败！

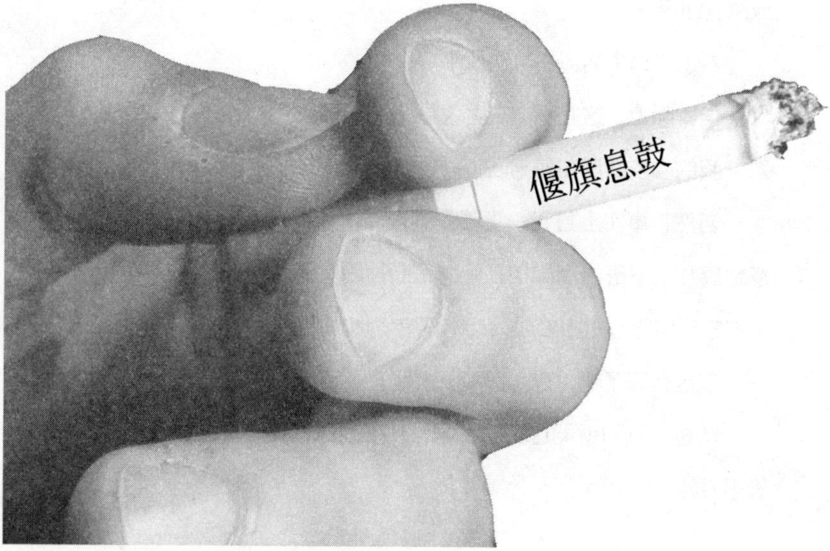
偃旗息鼓

2012年09月24日

人生没有彩排。

“短信风波”过后，我的世界又开始现场直播，每天起床、上班、应酬、回家。

看上去，生活似乎再次风平浪静。

但实际上，这并不意味着就是海阔天空。

我的心依然浮在海平面上，因为一直都没有再见过小琪。

当然，事实上是我一直都在逃避，这几天来每天早到晚归，刻意地避开上下班的高峰期，同时切断掉所有的联系方式，甚至是楼下那家我们邂逅的中餐厅，都毫不客气地登上了我的黑名单。

就这么算了吧，我一次又一次地安慰自己。

可是，真的就能这么算了吗？几乎同时，我的耳边总会不甘地冒出另外一个声音。

“你欠她一个解释！”

“这种事情根本就不能解释！”

“不管解不解释，你们终究还是会再见面！”

“……”另外一个声音无言以对。

我陷入了纠结，纠结是因为人总是太容易自相矛盾。

同一屋檐下，山不转水转，总有一天我和小琪会再次相遇，到时候该怎么做？

大方地说声你好？

还是视而不见？

亦或只是隔山相望，然后报以一副跳大神般的诡异微笑？

“如果有一天分手了，你说我们还会做朋友吗？”有次小琪问我。

我摇头，不会，心怀坟冢，又岂能一视同仁？

“那就是敌人喽？”

“干吗非要这么极端？”我问。

“只有极端才能让我们知道彼此曾经存在过呀！”

“敌人还知道相逢一笑泯恩仇呢！”

“那咱俩就再朝前走一大步，干脆老死不相往来呗？”

“你真想要那么恨？”

“Why not ？”小琪调皮地看着我。

“不行！”

“怎么就不行了？那你呢？到时候你会把我当什么？”

“我觉得会把你当亲人吧。”我笑道。

“我呸！安慰奖呀？我才不稀罕呢！”

“……”我语塞。

小琪盯着我大概看了五六秒，然后肩头一耸一耸地“咯咯”笑起来，说：“看把你给吓的，话都不敢说了吧？你放心好啦，到时候我们真要是分手了，我一定不会纠缠着你的，追我的人多着呢，我要再谈一场轰轰烈烈的恋爱，彻底忘记你！”

“成交？”我伸出右手逗她。

“成交！”小琪也伸出手来。

2012年10月22日

大概在一个多月以前，隔壁搬过来一对年轻情侣。

男主是一位IT人士，据说常年出差，所以从未谋面。

女主在一家培训学校工作，腿长腰细肌肤如雪。尤其容易让男人鸡飞狗跳的是还热情如火，搬过来没几天便已和我们混熟，还时常买些小玩意儿送给女儿。盛情之下，我也会经常鼓励女儿给她的“小乔阿姨”送些水果之类。

唯独张梅对她一直不冷不热，见面点头问好，回家挥手再见，从不拖泥带水。

我劝她：千言万语一句话，远亲不如近邻，对吧？

起初张梅还只是象征性地哼哼几声，后来有一次估计也是听烦了，皮笑肉不笑地看着我，说："哎哎哎，我说吴总，你还是省省吧，我还不知道你在想什么？如果隔壁住着一个60多岁的老太太，你还会这么热情吗？"

顿时，我被呛了一个半死，就像一只被夹住尾巴的耗子。

不过仔细想想，愤恨归愤恨，可是这事儿还真是对。这么跟你说吧，如果隔壁住着一个人模狗样的小伙子，那么我时不时的也得防着他点儿。至于说到60多岁的老太太，那除非是我妈，否则我还真是不太乐意无私地为她来一首《爱的奉献》。

所以说，万事皆有因果。

爱也好，恨也罢，表象上大义凛然，本质上或许就是蝇营狗苟。

清晨，出门上班。

刚刚拐出小区门口，看见小乔正站在马路边上翘脚张望，貌似在打车。

"对不起呀吴哥，能不能捎我一程？这个点儿打车太难了。"见我缓缓驶到她的跟前，她迫不及待地迎了上来。

“上班要迟到了吧？”

“是呀，昨天晚上来了几个朋友，出去玩得太 High 了……”坐上副驾驶座后，她难为情地笑道。

“年轻人嘛，玩就玩个痛快！”我顺口安慰她，后来等问清了她的单位地址后，我又跟她打趣道：“好人做到底，不如我把你送过去吧。”

“会不会太麻烦呀？要不你还是找个容易打车的地方把我放下吧。”

“没关系，反正我也是顺路。”

“真的吗？那太好啦！”

看着明眸皓齿、风情万种的小乔，我的心微微一颤，哑然失笑。

这确实够可笑的，我是说其实我们并不顺路。

非但不顺路，反而还要绕一个很大的圈子，几近南辕北辙。

可是，这又有什么关系呢？

送小乔到了公司门口后，我们挥手再见，看着她凹凸有致的身姿，尤其是被紧绷的牛仔裤紧紧包裹起来的屁股，腰肢纤细，屁股滚圆，走起路来一扭一扭，春心荡漾、万物黯然，看得我内心犹如猫抓。

“吴哥，方便留个电话吗？回头请你吃饭，我可不想欠你人情哦！”刚走出去没几步，她突然又满脸调皮地折返回来。

嘿！真上路！

2012年10月24日

出轨的惯性。

前几年的时候，花花大少曾屡屡勾引于我，苦口婆心、不厌其烦地帮我普及分解洗浴城里的生理知识，什么南国狐狸北方妖精，实在吃不开还有异域海鲜——碧眼金发、壮观挺拔的俄罗斯女郎等等，那时我还算血气方刚，回回听得血脉偾张、青筋暴起，恨不能立马送货上门，让那些身怀绝技的姑娘们狠狠地收拾我一顿。

总之，好奇之，憧憬之，磨牙之。

只可惜，盘桓到最后还是忍痛拒绝之。

事先声明，尽管有些废话，但还是有必要广而告之：我非不举之，亦非装纯之。

其实我只是知道自己是一个经不起考验的人，所以不愿意去开这个口子。

万事开头难，一旦开了头，事事也就不再难。

这跟我前面举过的例子大同小异：如果第一次要用一千万才能请你跟我上床，那么第二次也许一百万就够了，然后用不了几天，你就会落落大方地走上街头，卷起袖子挂起牌子，扯开嗓子甩开膀子……

跳楼清仓大甩卖！

无须怀疑，也无须劝慰。

学坏很简单，没有最坏，只有更坏。

一次是卖，一百次也是卖，零售和批发并无本质的区别。

这里面不会有任何悬念，我们自己就能摆平自己。

没有了灵魂，你我不过是一具行尸走肉，谁也别指望再卖个好价钱。

忽然想起美剧《六人行》里的Rachel，她对发生一夜情的Ross说：One is a cheater，always cheater 。

这台词并不极端：一次做贼，终身是贼。

所以说，人不惧怕惯性，更不惧怕考验——因为根本就经不起考验。

曾经和一个女性朋友聊天，在她老公第四次出轨被现场直播后，她跟我哭诉："你说他倒是挑一挑呀！结果一个比一个恶心，你知道最后这个狐狸精有多胖吗？最少也得180斤！你听清楚了吗？最少！"

看着咬牙切齿的朋友，我暗暗苦笑，男人都是外貌协会毕业的高才生，你以为他不想挑个动感地带的？

不是不挑，只是再没有耐心去等待。

出轨是因为寂寞，偷完后发现更加的寂寞空虚冷。

等不来包子，馍馍也是饭，先填饱肚子再说。

由此可见，人人心中都有一头恶魔，一旦唤醒，再难降服。

2012年10月26日

晚饭过后。

张梅面无表情地跟我商量，说明后两天想陪叶子去青岛散散心。

沉吟片刻，我点头表示理解，尽管十二个不情愿。

没办法，“短信门”事件过后，这几天张梅一直都没拿我当地球人看，虽然为了缓和家庭矛盾，这其中有几次我故意开玩笑逗她开心，可结果我笑个半死她冷若冰霜，一度搞得我石化风化加火化。

还有那双皮鞋，自那天晚上以后，我再也没有见过它们。这事儿自然也没什么技术含量，以张梅惯用的手法来看，肯定早就已经送它们去见了阎王。对此我也只能是哑巴吃黄连，屁都不能放一个。

种瓜得瓜，种豆得豆，一切都是我咎由自取，自作自受。

其实我也明白处理这种事情没那么复杂，只要实实在在地道一声歉，态度诚恳、措辞严谨，夫妻哪有什么隔夜仇？可是作为一个大男子主义的典型要犯，我实在找不到道歉的勇气，所以只能用让步来表达自己的诚意。

“明天什么时候走？”

“早晨。”

“我送你们？”

“不用，叶子开车。”

“……”我陷入了沉默，脑海里飞快地盘算着台词，接下来应该说句什么？

一路顺风？还是早点回来？

张梅也在沉默。

她在想什么？

等我挽留？

还是以为我正嫌她碍眼，巴不得她赶紧滚蛋？

因为看不到人心，所以我们习惯了猜谜；

可惜悟不清谜面，结果我们总是猜不到谜底。

《吻别》里唱道：我仿佛看见，一出悲剧正上演，剧中没有喜悦……

“来，我们谈谈吧。”想了半天，我叹了一口气，帮她拖了一把椅子过来。

“我知道你现在还在恨我，其实这件事儿真没有你想的那么复杂，我跟她顶多也就算是暧昧，什么事儿都没有。”

“我信。”张梅惜字如金。

“你信什么？”

“你现在说什么我都信。”

“……”我一时被噎个半死。

“我们能不能不带情绪？能不能心平气和地谈一谈？”缓过劲儿后我皱起眉头。

“咱们这不正谈着吗？”张梅面无表情。

“那好吧，今天我们先谈到这儿吧，你出去散散心，女儿我送咱妈那儿。”谈话失败，我只好起身离席。

“不只是我,你更需要认真地想一想。”张梅的声音从我背后响起。

我停住脚步，转过身跟她对视：“你说什么？”

“我问你，你说我们非要离婚才甘心吗？”张梅问我。

“你是不是很想跟我离婚？”她又问。

“不想。”

“那我们就应该冷静冷静，好好地想一想应该怎么把下半辈子的路走完。”说着说着，张梅的眼泪夺眶而出。

2012 年 10 月 28 日

老吴。

实不相瞒，这是一个让我既爱又恨的人。

爱的时候，不能自拔；恨的时候，攥拳咬牙。

由此可以证明，他自己该有多自相矛盾。

记得小时候，那时小吴同学单纯无瑕、年少轻狂，总以为自己有电线杆子那么高，严重鄙视抽烟、酗酒等一切不良行为，并咬牙切齿地告诫自己长大后一定做一个严肃的人：不抽烟、不喝酒、不打架、不滥情。

结果，很快他便以迅雷不及掩耳盗铃儿响叮当之势如破竹一一突破了自己的目标：初一开始早恋，初三开始抽烟，高中时候对香港电影《英雄本色》迷得一塌糊涂，时常学着里面的小马哥，戴着墨镜、叼着烟卷在校园里横冲直撞、胡作非为。

那时总以为自己很帅。

现在才明白，其实他并不是从小就很帅，而是从小就缺踹。

大学四年，他的数学成绩一直保持在前三名，当然其他功课也不赖，不过都是从后面数的。而这一切，只因为数学老师严厉异常，见他稍有小动作就会把他从课堂上拎起来敲打一番。

毕业吃散伙饭那天，他尊敬的院长也给过他一个评价：优点突出，缺点明显。

十年后回母校同学聚会，他特意去拜见已退休的院长，旧事重提，院长问其感想如何。

老吴心悦诚服：受益终生。

人人都有缺点。

但不是人人都能擅长改正缺点。

或者说，看到缺点，也曾改过，但只有三分钟热度。

这就是始终坚持在缺乏自制力第一战线的老吴同志。

不怕你笑话，其实这么多年来我对他的脸皮功夫也颇为久仰，看他错了改，改了犯，犯了又改，改了再犯，反反复复，无穷匮也……

人家是愚公移山，他天天愚公移脸，着实让人叹为观止。

张梅走后，我陷入懊悔自责，但也仅仅是懊悔自责。

我不想离婚，离婚意味着麻烦。

意味着你先要去否定那一年的一见钟情，否定那些年的一往情深，否定她，否定自己，否定我们的半个人生。然后还要去面对，面对父母，面对孩子；再然后还要去解释，左邻右舍、亲朋好友，每个人的眼神对你来说都是一场生不如死的灾难。接下来，大概还要重新组建家庭，如果手气不好的话，大概用不了多久又要重复昨天的故事。

生活在于折腾，但折腾不是机械枯燥的反复。

看到这儿也许你会问我，难道你真的不想改吗？

想！

那桃花虽好，可采多必烂，谁不想跟谁一眼万年？

“那为什么不改？”

答：爱钱的困于钱，好色的困于色。

“非不能也，是不为也。”

太爱自己的人，岂能轻易走出自己的猪圈？

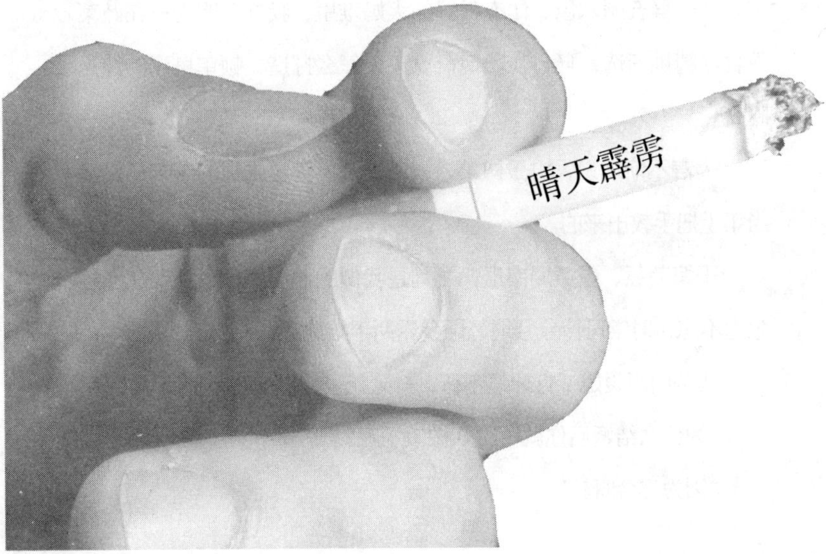
晴天霹雳

2012 年 10 月 30 日

傍晚，新玛特超市。

芹菜 3 块 2，蒜薹 9 块 8，刚刚出炉的蒸香鸭 8 折促销人头攒动，夹杂在一群五颜六色、体态各异的大妈堆里，我推着购物车在蔬菜熟食区精挑细选，野心勃勃地盘算着该怎么打造一顿单身汉的烛光晚餐。

大言不惭地说，对于做菜，我曾钟情，甚至张梅的手艺还是我当年手把手教出来的。

干煸芸豆、蛋黄焗南瓜，尤其是我做的油泼鲤鱼，到现在她还念念不忘，时常可怜兮兮地怂恿我露两手给她打打牙祭。

我翻白眼轰她：打牙祭不行，打牙花子倒是乐意效劳。

“为什么结婚后你就不喜欢做饭了呢？”

“因为你会呀！”

“为什么现在你连自己换洗的衣服都要我找？”

“咦，这么多年不都是你帮我找的吗？”

再来看张梅：一瓶香水一千九，一套衣服三千六，一张健身俱乐部的 VIP 卡要两万八……有次我故意逗她，说我们这钱赚得辛苦，你花得也辛苦吧？

她得便宜卖乖：“因为你会帮我赚嘛！”

听听，我们这都是多么实在的回答！

其实再仔细听听，这里面又折射出多少对彼此的依赖？

因为你会，所以依赖；

因为依赖，所以懈怠。

所以，有时候想想，这婚姻真是一门毁人的职业。婚前个个生龙活虎，讲究的是自己动手，丰衣足食；婚后人人无精打采、坐享其成。尤其盛刮攀比之风，每天风力至少七到八级，总之就是自己吃撑了没事儿，多干一点儿就一肚子猪下水。

这都什么毛病？

其实很简单，因为从结婚的那天起，我们就不知不觉把自己变成了对方身上的寄生虫，先是失去自我，接着放任自我，直至灭绝自我。

万事都有双面性，从依赖那天开始，无赖也会生根发芽。

一旦分赃不均，内战必然全面爆发。

轻则口诛笔伐，重则流放充军。

2012 年 11 月 04 日

Judy 说，忘记一个人有两种办法。

或者以光速去开始一段新的恋情，用新欢来代替旧爱；

或者用忘我去拼命工作，“两耳不闻窗外事，一心只读圣贤书”。

起初，我以为这句话是对的。

于是加班加点，头悬梁，锥刺股，拼命打坐升级。

但是，很快发现这一套似乎并没有什么疗效。

我依然能在每一个夜深人静的时候看到自己，看见往事会如潮水般涌来，在料峭的寒风中一次一次不知疲倦地拍打着脚底下的礁石，浪花飞溅、月残星疏，看见冰冷的海水一寸一寸地漫过脚踝，似乎随时都可以将我吞噬。

“那就再重新发展一个新欢呗！”

坐在 1949 酒吧里，Judy 幸灾乐祸地用下巴点了点不远处吧台上一个色泽艳丽、形单影只的女孩儿，接着笑眯眯地鼓励我：“没有新欢哪来旧爱？没有新欢又怎忘旧爱？”

“你是说，建议我再去当一次流氓？”

“我是说也许你应该尝试着找一个新鲜的姑娘来代替她，说不定就能把你这相思病给治好了呢。”

“那你觉得我应该再找几个姑娘，才算一个疗程呢？”

Judy咯咯地笑了起来，然后直勾勾地盯着我：“怎么着，真动心了？是不是现在特后悔跟人家分手呀？”

“有点儿。”我摇头后又点头。

“那女孩儿真的有那么好？”

“你不会觉得我已经被恋爱冲昏了头脑，连真好还是假好都分不出来了吧？”

“这不是怕你吃亏嘛，万一她喜欢的是你的钱呢！”

“没劲！你什么时候也这么俗了？”

“好好好，我俗行了吧，你俩是真爱！是海枯石烂行了吧？那我还想再采访一下吴兄，你想过要娶她吗？”

“想过。”

“最后一个问题，你到底喜欢她什么？”

2012年11月07日

“你到底喜欢她什么？”

我承认，这个问题确实曾经扼住过我的脖子。

因为同样的问题，我也曾追问过我那二婚的朋友。

记得当初得知他有了新欢后，看他成天油头粉面、贼眉鼠眼的样子，我辗转反侧、浮想联翩，总以为他那位小金花应该是一不小心从天上掉下来的，可后来在一次饭局上见到她本人时，我顿时目瞪口呆。

——真没想到她是用这个姿势从天上掉下来的！

身材家常！

长相路人！

气质上更是输给前妻一条街！

一句话，扔大街上就是一个打酱油的。

怎么会？！

我百思不得其解。

拷问之下，朋友羞愤交加，甩着鼻子吭哧了半天，仿佛一头被阉错了的叫驴。

接下来，他开始不厌其烦地给我上课。讲得獠牙外翻，讲到月上树梢，一边痛骂我鼠目寸光、胸无大志，一边满嘴冒泡地阐述中心思想：小姑娘撒娇耍嗲功夫一流，床上功夫更是深不可测。

我拧着眉头暗自愤愤，心想真是拜佛撞到鬼了，这都是什么人啊，她倒是胸有两颗大痣，可不还是播完 A 面播 B 面吗？这不就是一盘还没听腻的磁带吗？这怎么还听着听着就喘上了呢！

粗货！

后来直到遇到小琪，我才渐渐明白了这个粗货的意思。

是的，年轻漂亮很重要，但不是最重要；

十八般武器耍得好很重要，但纵然如苍老师一般虎虎生风，也抵不过那温柔如水的一夜相拥。

上充实精神，下夯实肉体，强强联合，比翼双飞，这才是让人神魂颠倒的其中真义。

由此，万物复苏，枯木逢春，老帅哥返老还童。

我胡汉三又回来了！

当然，这话只说了一半。

因为胡汉三也只回来了一半。

另外一半回到家，再看看我们经营到一败涂地的婚姻：

胡汉三进去，杨白劳出来；

杨子荣进去，坐山雕出来。

潘金莲进去，秦香莲出来；

小龙女进去，孙二娘出来。

在外面，你是风你是电，你是唯一的神话。

回到家，你就是那个穿着破棉袄流着鼻涕花儿的杨白劳，要风不来风，要雨来冰雹。秦香莲、孙二娘等轮番上阵，精神上一塌糊涂，肉体上一团糨糊，越看越觉得现在的婚姻一无是处。

怎么选?

胡汉三？杨白劳?

胡汉三？杨白劳?

胡汉三？杨白劳?

……

人比人得死！货比货得扔啊！

2012年11月10日

我开始思念小琪。

在分手后的第九天晚上，思绪不可遏制。

你看，天边并不遥远，一直都在眼前。

——我竟然知道今天是我们分手的第九天。

想想以前在一起的时候，每天看小琪大张旗鼓地纪念我们的生活点滴，我一笑了之。没想到分手后，我也会选择这条方程式。更甚的是渐渐走火入魔，比如说一开始分手的前几天总是在刻意地逃避，而这几天却刻意地在电梯守候她，其中还有一次居然偷偷地去了她的办公楼区。

一日不见，如隔三秋；九天不见，人间几年?

“我爱你。”

“我也爱你。”

“我是真的爱你！”

“我也是！”我紧紧地抱着小琪，听见自己的心剧烈地跳了几下。

跟 Judy 从酒吧里分手后，我心神恍惚地开着车，那些记忆碎片开始在脑海里疯狂复原，不知不觉中竟然来到了小琪的楼下，我被自己的举动吓了一跳，看着楼顶那扇依然亮着灯光的窗子，我在心里问自己，为什么要来？

你真的爱她吗？

我拿出手机，想了想，又放下。

我打开车门，左腿迈了出去，想了再想，又收了回来。

宛如一叶扁舟，我在怒海狂涛中开始摇摆。

没错，我是有想过要娶小琪。

想过就像一块硬盘一样，重新格式化自己，放下过去，一切推倒重来。

可也只能是想想而已。

任何事情都要有一个借口，没有理由放下过去，也就没有理由选择重来。

“你还好吗？”十几分钟后，我终于控制不住地给她发了一条短信。

“不好！”她回复的速度超出了我的想象。

“你还恨我吗？”

“岂止！恨之入骨！”

“我在你楼下。”

“那你是想上来呢？还是想让我下去？”

2012年11月12日

上楼，意味着前功尽弃。

下楼，意味着分道扬镳。

人生就是一道选择题，有时候简单得比一加一等于几还要清晰。可惜还有时候我们更愿意剑走偏锋、自以为是，比如说现在，我已经找到了一加一可以等于三四五六的借口：我欠小琪一个解释。

在我看来，我们的分手告白简直糟糕透顶。一句“我恨你！”贯穿始终、遮天蔽日，要节奏没节奏，要内容没内容。大概就是该要的没来，不该有的全有，这个结果换成琼瑶阿姨来说，叫作死不瞑目。

看到这儿也许你会劝我，还是留点遗憾吧，因为这一切都是你们咎由自取。

也许是，也许不是。

在这个世界中，永远都是旁观者清，当局者迷。

你在套外，看我在作茧自缚；我在套里，总想着破茧化蝶。

“这些天一直都没有见到你。”我的开场白有些无厘头。

“我辞职了。”她坐在沙发上，轻描淡写。

“为什么？你不是说很喜欢这份工作吗？”

“对呀，我是很喜欢这份工作。可是这么多天，你不是一直都在躲着我吗？每天中午跑那么远去吃午饭，每天到那么晚才收工回家。既然我让你这么为难，那干脆辞职来成全你不是更好吗？”

自责，我双手抱头，为自己的自私陷入了深深的自责。

在这个城市大学毕业后，为了这份工作，小琪甚至放弃了老家公务员的工作。

“我不是想躲着你，我只是不知道见到你后该怎么办。”我说。

“所以我只能辞职，我不怪你，你不是也说过吗？人生有很多种活法。”

“那你以后有什么打算？”

“还没想好，也许回老家，也许出国去念书，总之要离开这儿。”

“对不起，我应该早点儿来跟你道歉……”

“你后悔遇到我吗？”她打断我。

“不后悔。”

“我也是，所以我们不需要道歉。”

“我还是想跟你道歉。这些天我反复地想了很多，其实我能感觉到你对我的好，可是我对你一点儿都不好，一想到每天晚上都要把你孤零零扔在这儿，我就喘不过气来。我跟自己也说过很多次，我不能再这么自私下去，既然没有理由离婚，也就没有理由再跟你在一起。”

“今天你来的目的，就是想跟我道歉？”她目不转睛地看着我。

“……”

“那好吧，我接受你的道歉，现在你可以走了。”

“你打算什么时候回家？到时候我能送你吗？”

“不用！”小琪手指着门口的方向，眼泪夺眶而出：“请你现在马上离开！”

我叹了口气，慢慢地站了起来。

“你爱过我吗？”快要走到门口的时候,她的声音从我背后传来。

“你说什么？”我转过头看着低声饮泣的她。

“我说我怀孕了。”

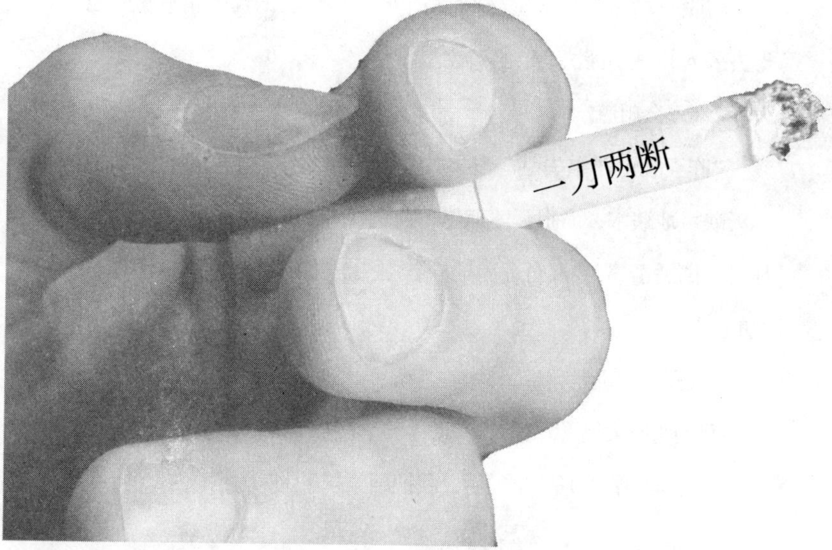
一刀两断

2012年11月13日

晚上，请A哥小酌。

酒过三巡，菜过五味，老生常谈翩然而至。

“那什么，你是不是又想离婚了？”这一次，我干脆不厚道地省去了A哥主动深情表白的机会。

“你怎么知道？”

“昨天晚上严重失眠，没事儿我就闲着给你算了一卦，卦上说你天缺月地缺水，命犯天煞孤星，注定孤独一生，所以我就估摸着你又该离婚了。”我煞有介事地拧着眉头，“而且，这一次一定还是真的！”

“我操，你玩我呢！”

我们哈哈大笑。

“我想离婚。”开胃菜过后，我把硬菜端了上来。

“我这儿可是真的啊！”我又笑着揶揄他。

A 哥微微一愣，确定我不是开玩笑后，猛然凑到我的跟前：“说实话，你是不是外面有人了？”

我点点头，承认。

“你和那姑娘多长时间了？”

“一个多月吧。”

“才一个多月就值得你去离婚？你疯了？”

“你看我现在像疯了的样子吗？”

“像！太他妈像了！”他一副恨铁不成钢的架势。

“我再问你一次，你是真打算离？还是就跟我一样纯粹是酒后嘴贱？”

“八成得离。”我说。

“兄弟，家家都有一本难念的经，既然你打算走这条路，我也不想怎么去劝你，因为该明白的你都明白，该想到的你也想到了，但最后老哥还是想要提醒你，如果单纯因为有了外遇而去离婚，那不叫离婚，那叫喜新厌旧，叫始乱终弃！”

我成了陈世美，人人得而诛之。

我不知道自己是不是真的疯了，小琪的怀孕让我措手不及，也给了我一记狠狠的耳光。

“你放心，我不会用孩子来绑架你，就算真的要嫁给你，我也会先把这个孩子打掉，然后我们再生一个孩子，让他名正言顺地来到这个世界。”

我无法面对小琪，她为我付出的太多。

同样，我也无法面对张梅，她为我包容了太多。

如果娶了小琪，大概用不了多久，我们也会揣上旧船票，登上这艘平淡的破船。

如果继续和张梅生活下去，继续跋涉在这条至今还看不到尽头的路上，倒让我生出一股把牢底坐穿的凛冽。

离？还是不离？

离婚，就一定是错的吗？

不离，就一定是对的吗？

离婚就是不幸？

不离就是幸福？

郑智化在《生日快乐》里唱道：这个世界有些人一无所有，有些人却得到太多……

一无所有的人，就不快乐？

得到太多的人，就一定快乐？

其实看透了，人生不过是一盘棋。

马走日象走田，过河的卒子一去不复返。大家都是在摸着石头过河，你我的明天谁也无从预测，但是上帝造人的时候，其实早就已经为贪心的我们下好了蛊药，真有什么冤屈，还是等着来生再作上诉吧。

阿门!

2012 年 11 月 24 日

我迫切地想和张梅谈谈。

谈之根本：开诚布公，认罪伏法。

“我们离婚吧。”我开门见山。

“你说什么？离婚？”张梅满脸错愕地看着我，不知道是否在怀疑自己的耳朵。

“这种平淡的生活让我喘不过气来，我没有勇气再继续下去，也许离婚对我们来说都是一种解脱。”

不行，这个说法太龌龊。

“我喜欢上了一个女孩，她怀孕了。”

不行，杀人也不过头点地，怀孕这事儿不能提。

“我喜欢上了一个女孩，我们在一起已经很长时间了。”

不行，很长时间也不能提。

“我喜欢上了一个女孩，我也不知道该怎么跟你说这个故事，总之很俗套。这一切都是我的错，是我对不起你。我不奢望能得到你的原谅，但我还是想跟你谈谈，离婚后我什么都不要，只要女儿。”

不行！不行！不行！

女儿更不能提！

临近傍晚，眼看着客厅墙壁上的挂钟一分一秒地过去，我犹如一头困兽坐立难安。

毫不怀疑，以我对张梅的了解，她对女儿的抚养权一定不会放手。

不放手就可能会去法院，去法院意味着什么？

一场挫骨扬灰的战争即将拉开大幕！

恩爱一扫而尽，怨恨浩浩荡荡，所有的往事都会被劈头盖脸地扫荡成一个个笑话。

你在水中哭，我在火中跳，每个人都会亮出最锋利的獠牙，歇斯底里地去撕咬，直到千疮百孔、奄奄一息……

要想离异，必先变异！

我的眼前一片灰白，无法再继续预演下去，脑袋里嗡嗡作响。

“我给你买了两件衬衣，吃完饭后你试试？”晚饭的时候，张梅兴致勃勃。

“不用了吧，你买的肯定合身。”

“那个、什么……”张梅又吞吞吐吐地看着我，“你是不是有什么心事儿？”

“为什么这么问？”

“刚才你盯着盘子发了半天呆，你不知道？”

“没什么，工作上的事儿。”我勉强挤出一抹微笑。

张梅“哦”了一声，然后开始绘声绘色地描述起青岛两日游的收获。看来她这一次调整得不错，不仅一张林黛玉的脸开始秀色可餐起来，就连说话的语气都带着一股焕然一新的劲儿。

可是，看着这张眉飞色舞的脸，此时此刻的我却难过得无以复加。我到底该怎么告诉她事情的真相？难道就在她强忍受伤放下过去重新展望未来的时候，冷冷地告诉她：够了！别说了！我们散伙吧？

我做不到。

千言万语一句话：说不出口。

“再给我一点儿时间。”或许我还可以如此对小琪说。

可是再要多长时间？

一天？

一个月？

还是该死的一万年？

我走进了一条死胡同。

进无门，退无路。

原地踏步，则是苟延残喘。

2012年12月05日

从青岛回来后，张梅突然忙碌起来。

每天两点一线，除了家就是辗转奔波于各个楼盘、房产中介公司，晚上回来后电话热得更是堪比10086，每次听她在电话里跟谈恋爱一样和对方聊着学区房的时候，我的头皮都有一种要炸开的感觉。

“买房子的事儿，要不咱再缓一缓？”两天下来，张梅有些气馁。

“是不是跑烦了？”

“也不是，就是这几天跟房产中介打交道打多了，心里越来越没底儿。我的天，你都不知道那帮卖房子的人有多热情，反正明显能感觉到现在房子不好卖，你说这房子是不是真要跌个没完没了的？”

“全世界都知道要跌，不过学区房应该问题不大吧。”

“那你的意思就是买呗？”

我用力地点了两下头，买！

一套房子一个家，万一以后有个什么头疼脑热的，另外一个总不能睡大街上。

“那行，我跟你说我还真相中了一套房子，一百二十多个平方，无论是户型还是采光通风都很棒，而且还没装修。就是价格有点小贵，当然也没贵到哪里去。如果咱们买下来的话呢，年底装修好，等女儿上学了咱可以搬到那儿去住，你觉得怎么样？”

“先把房子买了再说吧。”

“那明天下午你也去看看房子，合适的话咱就定下来？”

“明天下午估计悬，我约了客户谈事情。”我说。

“那明天上午？”

“算了，我就不用去了吧，只要你觉得合适就行，我没问题。”

“我怎么觉得不太对劲儿，你是不是不想买这房子？”面对我的心不在焉，张梅皱起眉头。

“真不是，就是现在没心情去操这心。”

“那你的心呢？”

我的心已经烂透了。

除了小琪的怀孕，昨天又冒出来一件让人颇费脑筋的事儿。

“分手那天晚上，你给我发了一条什么短信？”昨天下午我跟小琪闲聊找乐。

“是不是让我把你送我的鞋子扔掉？”我继续逗她。

“没有呀，我没给你发短信呀！你都不要我了，我干吗还对你死缠烂打？”

“真没发？”

“没有呀，怎么了？”

“没事儿，可能是我记错了。”我说。

“不对，肯定有事儿，你是不是被你老婆讹过？”她一向鬼得很。

各位亲爱的观众，这个事儿听上去能叫个事儿吗？

不是个事儿！

可是仔细想想，如鲠在喉——张梅和小琪她们两个人当中，有一个人骗了我。

再仔细想想，冷汗涔涔——如果小琪没有发短信，张梅为什么在我要回心转意的时候去揭开盖子？

如果小琪发过短信，她为什么又不敢承认？

每个人都有自己的“罗生门”，每一次撒谎都是开始而不是结束。更重要的是，对我来说要想知道究竟是谁撒了谎并不困难，只要把我的手机通讯清单打印出来，那就是水落石出、铁证如山。

我无法再想下去，饭要一口一口去吃，坎儿也要一关一关去过，明天下午和小琪做完手术后，我要解开这个疙瘩。

可惜，生活中总有太多的无常，我们永远都不知道下一步会发生什么。

2012年12月07日

次日，清晨。

“你起床！”我正睡得迷迷糊糊，耳边猛然传来一声炸雷。

“怎么了？”惺忪着双眼，我扯回因张梅愤怒而被掀起的毛毯。

“你没看见我正在发抖吗？”

“到底怎么了？”看着她的眼泪盈眶，我内心开始发毛。

“你说怎么了！”

“大清早的你有病吧？”内虚加剧，我急火攻心。

“到底谁他妈的有病！”说完，张梅猛地把手中的手机摔在我的面前。

结束了，终于可以结束了。看着床上那部大难临头的手机，我不由长长地吁了一口气，昨天晚上等张梅睡着后，我跟小琪聊短信聊到凌晨两点多，可是最后却忽略了一个最关键的技术性问题。

——没有清空短信箱。

其实也不是没有想过去清空，只是觉得张梅不会再翻看我的手机。因为我一直都觉得自己是世界上最好的演员，是流落民间的奥斯卡影帝。

很可惜，我高估了自己。

或许，张梅从来都没有相信过我的故事。

或许她一直对我戒备森严，一直都在苦苦寻觅我的死穴。

我低估了她。

一直都是。

“原来你一直都在骗我？她是谁？”审讯依然继续。

我一头倒下，毛毯盖过头顶，干脆卧倒装死。

“你说话！”

我继续装死。

“你说话！这个女孩到底是谁？！”

“……”

“说话呀！”张梅再一次扯开毛毯，嚎成了一个高音喇叭。

“既然你都已经知道了，就别问了。”我黑着脸坐起来。

“我们离婚吧。”

“什么？你说离婚？”张梅弯着腰、歪着头凑到我的跟前。

“你说离婚是吧？你说离婚是吧？你说离婚是吧？王八蛋！王八蛋！你他妈的王八蛋！”

2012 年 12 月 16 日

下午，迎宾路，车流如潮。

王八蛋心神恍惚地开着车，心神恍惚地拐上高速公路。一个多小时后，这个王某人将会和小琪出现在百公里之外的邻城一家医院，做完手术在回城的路上会去农家买两只土鸡，然后宰杀、起火、煨汤……

人人都需要补给，我却一直无力发声。

歇斯底里的张梅，皱眉蹙额的小琪，浑浑噩噩的吴某人。

突然之间，发现生命竟然难以置信地真实起来，真实得就像一场还没做完的梦。

回城后，天已擦黑。

我正在厨房里剁着鸡块，张梅打来电话，我无动于衷，任由铃声响彻云霄。

一曲唱罢，她不死心地又打过来，我干脆挂死。

不一会儿，她发来短信：你是不是和她在一起？

不予理会。

几分钟后，又是一条短信：你真的想和我离婚吗？

依然不予理会。

接着又是一条：你们就死了那份儿心吧，我是不会跟你离婚的！

“喀嚓”一声，我狠狠地一刀把鸡块剁在砧板上。

明晃晃的菜刀，血水不断的鸡块，绞痛似乎已经从我的骨髓里渗透了出来，在阴冷潮湿的夜里，一寸一寸地焦灼着肌肤，吞过胸膛，噬过头顶，我索性关了手机。

我不想解释，张梅想要一个故事的开始，我却只能给她一个故事的结束。

事已至此，解说无益。

就算是后悔，就算是愧疚，但统统都已经不再是今天晚上的台词。

一念天堂，一念地狱。

世间原本一片美好。

奈何天堂和地狱只有一墙之隔。

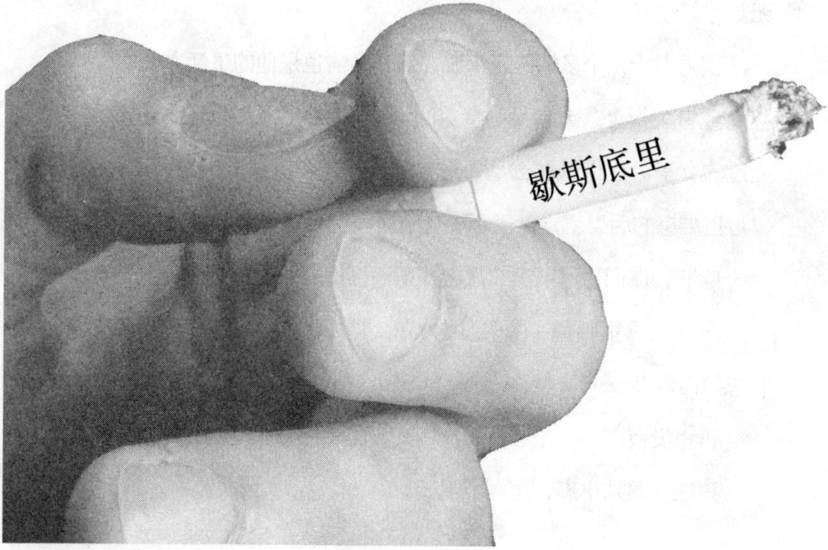
歇斯底里

2012 年 12 月 19 日

“还记得我们第三次见面吗？”喝完鸡汤，小琪强颜欢笑。

我暗自惴惴，其实第一次在餐厅遇见小琪的那种怦然心动并无新意。

因为对于一个多情的人来说，自作多情也是他的生活之一。

或者大街上、或者某些特定的场合里，时常会有那么一位擦肩而过的女子会让你蠢蠢欲动、过目难忘。好在也正是因为多情，所以过目难忘的后果就是，用不了几个时辰也会忘得一干二净。

除非，你们也可以第二次电梯邂逅。

王菲在歌里唱道：“只是因为在人群中多看了你一眼，再也没有忘掉你容颜……”

再也没有忘掉，是因为再次相交，由此传奇才得以拉开帷幕。

第三次遇到小琪，是一个阴天。

那天下午下班从地下停车场出来后，看到她跟同事挥手告别走向路边的公交车站时，我脑袋一热一脚油门就跟了上去，然后放下车窗跟她打了一声别有用心的招呼："天气预报说今天晚上有雨，你信不信？"

她煞有介事地仰头看了看天，回眸调皮地笑道："楼长，天气预报有时候不准哦！"

"要不咱赌一把？两个小时之内不下雨就算我输。"

她咬着下嘴唇迟疑了几秒，莞尔一笑："那赌注是什么呢？"

……

"如果那天我没有跟你打赌，你说我们还会不会相爱？"小琪倚在床头问我。

我摇摇头，大概不会，老帅哥和小帅哥的区别之一就是懂得拒绝背后的台词。

"我觉得也是。其实谁都知道我们不应该这个时候相爱，没有相爱也就不会有今天这么多的烦恼，可惜我们还是没有控制住自己。这几天我一直都在问自己一个问题，问自己到底后不后悔遇到你，你想知道答案吗？"

"你说，我听着呢。"

"我不知道。说后悔吧，你明明又给了我最快乐最难忘的时光；

说不后悔呢，很多时候心里又总是空荡荡的。把第一次给了你，现在又为了你去堕胎，我知道你也很难过，我知道我们谁都不想去做一个不道德的人，可为什么还是走到了这一步？这个问题直到今天下午我才明白，这跟后不后悔没什么关系，因为这就是命，你信命吗？”

该表态了。

信不信命并不重要，人总要靠一种方式来说服自己，让命运继续洗涤、继续淬火锤炼。

看着语无伦次的小琪，我的声音低如蚊蚋：“离婚的事儿，我还没跟她说。”

“我信！遇到你就是我的命！”她打断我，自顾自地回答。

“不是不想说，只是还没想好该怎么说。”我继续解释。

“你是真的想离婚吗？还是只因为同情我？”我们终于回到同一个频道。

“我跟你是认真的。”我说。

“既然你跟我是认真的，那她怎么办？”

“不只是她，你有没有想过，如果我们结婚，你怎么办？你怎么去面对自己的父母？就算你没有那么好的家境，他们也不会轻易地同意你嫁给一个二婚男人。”

“这是我的事儿。”小琪低着头不停地揉搓着手指。

“好吧，这个问题我们先不谈了行吗？你也别胡思乱想了，早点休息好吗？”我无法再继续对话下去。

“你是说你现在要回家了吗？”

我迟疑地看着小琪，内心纠结翻滚。

“今天晚上你能不能留下来陪我？我好害怕。”

2012年12月21日

偶然在小区里见到过一对夫妻现场PK。

男主膀大腰圆，女主娇小玲珑。膀大腰圆者拳脚相加，娇小玲珑者撕咬抓挠，虽说是不同重量级别的拳手同场竞技，可制造的场面却气势恢弘、惊心动魄，再配以环绕立体声的谩骂哀嚎，效果堪比灾难片大师罗兰·艾默里奇镜头下的《2012》。

包括我和张梅在内的一干人等站在十几米开外目瞪口呆，除了两个始终慢两拍的小脚老太太蹒跚着拉架外，眼睁睁地看着他们从草地滚到凉亭里，又从凉亭里撕咬回草地，就像在欣赏一部酸涩枯槁的电影。

“那男人真不是人！”张梅小声地跟我愤愤不平。

“这女人也够戗，你听听她骂的那些花样儿！”我冷哼。

“那也不能动手打女人呀！”

“三天不打，上墙揭瓦，说的就是这种女人。”

“去去去，你别气我。哎呀，气死我了，他们怎么能这样？难道他们就没有恩爱过吗？”

“你说呢？”

沉吟片刻，张梅叹了口气：“但愿没有吧。”

我也跟着一阵黯然。

昨天月下缠绵，今天老拳相向，或许他们在凉亭里谈过情，或许还在那片草地上做过爱，可是就在今天，就在曾经给他们带来无数欢娱的地方，每个人都还可以亮出獠牙，然后就像一头死了崽子的狼一样去撕咬。

我们不能相信，那个人竟然还是我们自己。

我们不能接受，这部电影的主角会是你我中的每一个人。

遥想那年花开，你我一穷二白，花前月下誓言同舟共济；

几年弹指一挥，你我若即若离，患得患失做起同床异梦；

骤然风起云涌，世界天昏地暗，唇枪舌战你我同室操戈；

终于尘埃落定，遍野千疮百孔，奄奄一息我们同归于尽。

女士们，先生们，朋友们，老乡们，想离婚吗？

欢迎来到我们的四不像世界。

2012年12月25日

我决定道歉。

我害怕变成那一匹来自凉亭里的狼。

道歉可以消除我内心的恐惧，可以拯救一夜未归下的暴风骤雨。

我希望能和张梅好好地谈谈。

其实就在我决定留下来陪着小琪的那一刻起，整件事情已经画上了句号。我想告诉张梅，十三年的共同生活，岁月静好，感谢有你，感谢你一路的包容和照顾，原本我们还可以走到更远，只是人到中年，我突然完全丧失自我，进而全盘否定和摧毁了过去的这美好一切。

我承担全部责任，承担所有诅咒。

只是，希望可以不要再有争吵。

人生，不过是一场因缘聚散。

既然已不能再相爱，争吵也只是在伤口上撒盐。

如果可以，不如就此释怀，好聚好散。

清早回到家，张梅正在给女儿做早餐。

“妈妈，爸爸回来了！”女儿欢快地从厨房里跑了出来。

“爸爸，你昨天晚上去哪儿了呀？”

“爸爸有些事情要处理。”

“什么事情呀？”

“都是大人的事儿，你现在还不懂。”

“哼！小气鬼！那你出去玩为什么不带着我和妈妈呀？”女儿假装生气地噘起小嘴。

我的眼睛一热，难过地摸摸她的小脸蛋，看见张梅在厨房里背对着我，一语不发。

这是一个危险的信号。

以我对张梅这么多年的了解，她的一语不发，只是时机未到，我相信等女儿去上学后，迎接我的必将是一场天崩地裂。

果不其然，送女儿上校车后，折返回来的张梅把防盗门摔得山响。

“说吧，你打算怎么办？”

“我们离婚吧。”我说。

“说说你的条件。”

“除了女儿，我什么都不要。”

“你可真够大方的！你是不是已经决定了？”

“是的。”

“那好，女儿归你，其他的归我，我倒想要看看那个贱人到底爱你的人，还是爱你的钱！”

“她不缺钱。”我不想解释，可又不想让张梅以为我的选择有多肤浅。

“你说什么？”

“我说她家境殷实，不缺钱，最起码比我们有钱。”

“那就是你看上她家的钱了？”

“你非要把这一切都朝肮脏里想吗？”

“那你们是什么？爱情？他妈的狗屁爱情！”

2012 年 12 月 28 日

关于爱情。

人到中年，这似乎是一个很坑爹的话题。

我也曾经问过自己，你还相信爱情吗？

答：什么是爱情？

再答：多少钱一斤？

梁山伯挥挥衣袖，说万金难求；陈世美掸掸玉服，曰一文不名。

其实我一直都很想知道，如果梁山伯能活下去，那么十几年后他会不会像陈世美一样对结发之妻弃如敝履；或者说几年前的陈世美会不会像梁山伯那样将女友奉为至宝？

可惜，没有人知道答案。

但是答案在我们每个人的心中：婚姻过后，爱情早晚会是我们碑上的墓志铭。

在一个无聊打屁的QQ群里，我问白鹭，你相信自己还能再次遇见爱情吗？

“信！期待又害怕。”

我又问豆子，那你呢？

“一直都相信呀！”

作为未婚青年的形象代言人之一，豆子曾经有过两份刻骨铭心的感情。一份感情用三年多的委曲求全兑换回体无完肤，另外一段感情本想随遇而安，结果又被现实磕得头破血流、遍体鳞伤，天知道她曾经在多少个漫长的深夜里抱头痛哭过，但这并没有妨碍她对爱情依然执着向往。

当然，白鹭也是。

不过作为一个已婚妇女的法人代表，近八年的婚姻蹉跎，爱情已成“期待又害怕”。

由此我开始相信，或许人人都还在期待爱情，虽然人人又都害怕爱情。

爱是一把锋利的刀。

期待是因为，它能削去你的寂寞、空洞、无聊、迷茫。

害怕则是因为，谁也不知道什么时候，这把刀也会掉转枪口，准确无误地刺穿我们的心脏。

可惜纵然如此，你我依然会前赴后继，“野火烧不尽，春风吹又生”。

只不过，在这一场场角逐中，未婚者都是敢死队的选手，头可断血可流，“他说风雨中这点痛算什么，擦干泪不要怕，至少我们还有梦……”

而已婚者呢，大概都是找死队选手。

找不着饿死，找着了撑死，不管你找着找不着，还可能会被人骂死！

可是，尽管如此，在这里我依然想写下自己曾经的困惑。

因为，我问过自己无数次，你和小琪到底该怎么定义？

答案是：爱情。

2012年12月29日

“她让我感觉到了爱。”第二轮谈判启动。

“你们让我感觉到的是贱！你说说我听听，她怎么就让你感觉到了爱？”

“有一次，我们出去坐公交车……”

“啃！你们还真是恶心出花样儿来了呢！”张梅冷笑。

“在公交车上，她主动帮我问候乘客找座位。”

“这就是你所谓的爱？”

“有一次，办公室的电脑崩溃了，我辛辛苦苦了两天做的PPT

功亏一篑。中午吃饭的时候，我无意中跟她说起这事儿，她劝我不要着急，起初我以为她只是安慰我，可是下午刚上班她就偷偷地带着他们公司的 IT 师来帮我修复电脑还原文件。”

“还有呢？”

“我喜欢她穿高跟鞋，她一口气买七双，每天都不重样儿地穿给我看；我喜欢吃小吃街上的火烧，她经常会中午下班后挤 5 站公交车帮我去买；我喜欢……”

“够了！幼稚！这就是你口口声声的爱？！”

一种从未有过的挫败感，弥漫上我的心头。

不，这不是我想要表达的中心思想。

热恋中的人，个个都缺心眼儿，别说皮鞋、火烧，脾气上来了命都可能给你。

我想说的是，我也渴望关怀。

“可是你爱过我吗？你知道我为什么会感觉到那是爱？”

“如果我不爱你，我还会跟你这么多年受你这么多气？”张梅抢白。

“你那不是爱！这么多年，从我们认识到现在，无论在创业的路上我遇到多么大的困难，你从来都没有主动关心过我。你大概以为我什么都能做到，以为我什么问题都能解决，可是我并没有你想象中的那么坚强，不是那打不死的变形金刚。你想过没有，每次在最困难的时候，我有多么的需要你！哪怕是一句贴心的话！”

“我没想过那么多。”

“你不是没想那么多，你只是从来都没有为我着想过。记得07年我们刚刚起步的时候，有一次我们手里只有三万块钱，但是要面对几十万的工程，为了筹钱，那些天我天天晚上睡不着觉，为了省钱，我手上磨出的茧子一层又一层。可是你呢，从不过问我有什么困难！这个我不怪你，因为你跟着我也吃了不少苦，可是让我没有想到的是，你竟然还要问我要5000块钱，说要凑钱给你弟弟买房子。你还记得当时我跟你说的一句话吗？”

“忘了！”

“我当时问你，你是不是觉得我现在还不够难？”

“可是我真没想那么多。”

“这不是重点，重点是你从来都没有着想过。所以从那天开始，我终于明白，你这不是自私，而是你爱的人根本就不是我！你知道发现这个秘密后，我心里有多害怕吗？我突然不知道我们厮守了那么多年到底为了什么！我突然不知道我在你的心里到底是谁？”

“我承认，过去我是做得不够好，难道这就是你离婚的理由？”

“我喜欢你穿裙子，可是你几乎不穿。你喜欢我西装革履，而我也从未为你改变过。还有那该死的紫菜蛋花汤，这么多年难道你看不出来我不喜欢喝？所以，我现在想明白了，就算我们还可以再继续生活下去，可是我们骗不了自己的心，这些年我们一直都只是生活在自己的世界里！”我继续喋喋不休。

“……”

“一直都是！”

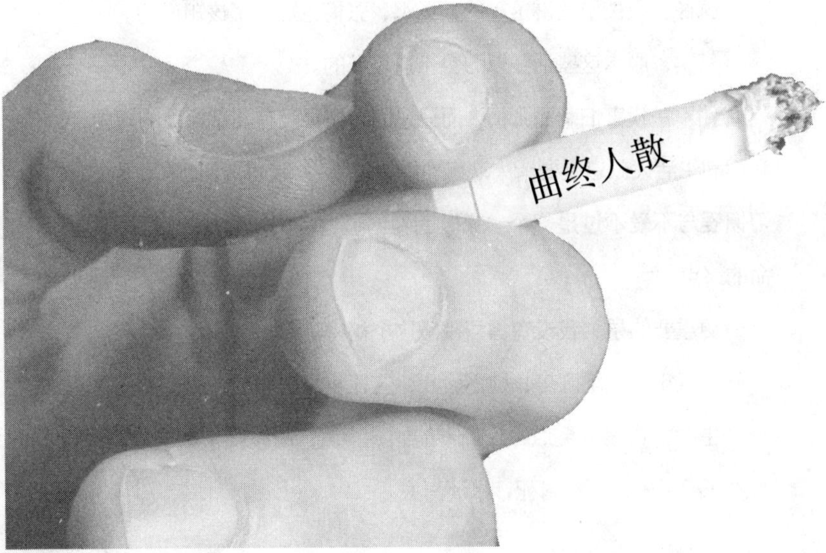
曲终人散

2012 年 12 月 30 日

谈判该结束了。

就像一个刚刚被打捞上岸的溺水者，我说了自己要说的。

就像一只被暴雨淋透了的落汤鸡，张梅也知道了该知道的。

其实，原本这些话我以为会带进坟墓的。

倒不是我害怕刺痛张梅，而只是因为如果没有飞蛾扑火的理由，我们的生活大概总是要皆大欢喜地继续过下去，我习惯你，你习惯我，习惯爱与不爱不过是一个“家”的匆匆过客，柴米油盐才是我们宿命的终点。

更重要的是，我没有勇气戳破这个秘密。

十三年的风雨同舟，她不爱我，这让我深感迷茫。

生命中有很多笑点，我们不能如此不堪，所以我宁愿把这个秘密闷在罐子里，石蜡封死，永沉海底。

“那个女孩是谁？我要找她谈谈。”

“没这个必要。”我面无表情。

“那你告诉我，你们在一起多长时间了！”

“没这个必要。”

“那你觉得现在什么事情才有必要告诉我？”

“这两天我会把离婚协议书发给你。”说完后，我拿起茶几上的皮包朝门外走去。

突然，张梅一个箭步冲了上来，用身体死死地抵住门。

“我不让你走！”她目光凛冽。

“你觉得这样闹下去有什么意义吗？”

“有意义！”

“等你冷静下来我们再谈吧。”我只好去拉门。

“我现在就很冷静！”也不知道张梅从哪里来的力量，门再次被死死抵住。拔河一般，我只好放弃。

“你是不是还不明白？我已决定离婚了。”

“我知道，可是我不同意！”

“那怎么你才能同意？”

“让我跟她谈谈！”

2012 年 12 月 31 日

我打错了算盘。

爱是一把刀，语言最伤人。

扭曲的嘴脸，铁打的狼心狗肺，从口中吐出的每一个字，都是一支精心淬过砒霜的箭。

夜长梦多，唯有万箭齐发、步步穿心，原本我以为冷血可以让这场离婚大战速战速决。

可惜，这一次我没有读懂张梅。

她不仅堵住了门，还声嘶力竭地要跟小琪“谈谈”。

谈什么？

大概毫无新意。

原配见小三儿，那句话怎么说来着？

诛小三儿，泼硫酸！

哦，不不不，茶水也不行。

我已经伤害了一个女人，不能再让另外一个女人受到伤害。

“见面谈话这件事儿你就不要再想了。”

“不，我非见她不可，女人的事情就应该由我们女人自己解决。”张梅坚持。

“解决什么？”

“她拆散了我的婚姻，所以她要为自己的愚蠢付出代价！”

我顿生一种无力感。

“不是她拆散了我们。到现在你还不明白吗？如果没有她，可能还会有别的女人出现。走到今天这一步，是我们自己失败了，是你和我两个人一起亲手埋葬了我们的婚姻。与其让她付出代价，你倒不如想想我们为什么会走到今天这一步。”

“呵呵，很简单呀！你遇到了一个好的，既年轻又漂亮还有钱，而我呢，一个一无是处的黄脸婆子！”

“你真是这么想的吗？那你有没有想过我和她在一起将会承受多大的压力？她的父母、我们的父母，还有孩子，甚至是我们所有亲朋好友的目光，这些你考虑过吗？在她的父母眼里，我是什么？在你的父母眼里，我是什么？在孩子的眼里，我又是什么？难道我这么朝死里糟蹋自个儿，就是仅仅因为她年轻漂亮又有钱？”

“那你是为了什么？”

“我不想后半辈子还要继续一个人孤零零地站在高岗上。”

“我可以改。”

“你改不了的，你要是能改，我们不会走到这一天。就好像早餐一样，这些年我们吵过多少次架？你改了吗？事实上不是你不想改，而是你根本就改变不了，因为你从来都没有用心做过早餐。你知道什么是心吗？”

“看来这婚你是非离不可了？”

我点头。

“那就让我跟她谈一谈。”

“这个问题我不想跟你再纠缠，现在我可以明确地告诉你，除非我死了，否则我不可能让你们见面！”

“那这也是我给你的答案！”张梅咬牙切齿。

谈判再次失败，我再次拂袖而去，张梅再次死死地抵住门。

“你到底想怎么样？”我怒火已起。

张梅不说话，眼睛死死地盯着我。

半晌后，眼泪大颗大颗地滚了出来。

“你起开！”

“我就不！”

“起开！”我再也无法控制自己的情绪，伸手拽了她一个趔趄。

伴随着“哎呀”一声，张梅捂着眼角倒在墙角的鞋柜旁边，鲜血跟着从指缝间慢慢地流了出来。

我夺门而出。

2013 年 01 月 03 日

结束了。

“十年修得同船渡，百年修得共枕眠。”

同船一渡，共枕一眠，其实情缘只在一念之间。

站在小区的人工湖畔，我仰起头看着那扇属于老吴的窗子，泪开始朝外滚。

曾经有无数个夜晚，无论刮风还是下雨，那里总有一盏为我亮着的灯。

那曾经是我的方向，是我生命的全部。

可是从现在开始，与我再无瓜葛。

心，忍不住绞痛起来。

歇斯底里的张梅，目光呆滞的张梅，鲜血淋淋的张梅……

而原本，生活里应该只有一个张梅。

“对不起。”

给张梅发完短信后，我再次仰起头，硬生生地把眼泪憋了回去。

“都结束吧。”我喃喃自语。

然后，看着手机在空中划过一道弧线，坠入湖底。

是的，结束吧。

挥挥手，向天空说一声拜拜，十三年的感情变成一扇空洞的窗。

再挥挥手，跟往事说一声再见，趁着我们现在，还算年轻。

2013年01月05日

很多时候我都在想，如果当初没有和张梅结婚，那么现在的老吴会是什么样子？

大概会按照父母的意愿，托村东头的二婶介绍一个本地姑娘，接下来再生一个漂亮结实的孩子，闲来无事时可以去陪老丈人喝上几杯，如果再有小舅子或者小姨子，还可以一起聊聊当年的收成，或者喝多了时一起对未来吹吹牛B。

这是我另外一种生活方式，当然还可能会有第三种、第四种……

——无所谓精彩，无所谓平庸。

但是毫无疑问，每一种生活里都有一个不安分的我们自己。

2005年的夏末，我和张梅似乎已经山穷水尽。

那时候，六年多的恋爱时光，就像一条十眼也看不到尽头的长藤，从头到脚包粽子一样把我们束缚得奄奄一息。每天枯燥地吃饭、枯燥地上班，然后就跟商量好了似的，每隔两天再狠狠地吵上一架。

我厌倦了这种日子，提出分手，张梅欣然同意，接着毫不犹豫地打包走人。

两个太骄傲的人，我们都已经失去兴趣再去寻觅继续在一起的理由。

那时我不想结婚，二十八岁了还要处处把自己打扮得像一个顽童，实际上是内心无比的恐惧，害怕就这么坐以待毙地走入婚姻。

如果不是张梅怀孕，我们可能都已经要迫不及待地去开始另外一种生活。

结婚后，问题接踵而至。

结婚第一年回岳父家，不到四百公里的路程，前后倒了五次汽车，早晨七点出发，晚上八点多才颠簸到家。我本来就讨厌长途奔波，经此一役更是心惊肉跳、提心吊胆。

因为地域差异，饭菜不对口味，但是每次吃完饭放下筷子的时候，我都会摸着肚皮打着饱嗝，一副心满意足的样子，然后再趁人不备，偷偷溜到村里的小卖部里买一些面包火腿大快朵颐。

——面子作祟，我总想给岳父母大人留一个好印象。

更重要的是，我以为把这些告诉张梅后她会替我分忧，让我胃口大开。

结果，涛声依旧。

从此以后，我开始抵触再次登门。

拿着望远镜寻找一切可以躲避的理由。

现在想想，其实这并不怪张梅。

因为一切都是借口，表象上是饭菜，实质上是不爱。

爱屋及乌，不能及乌岂是爱屋？

这也是我要离婚的原因之一。

你不爱我，我不爱你，既然不能真心相爱，又何必非要用“习惯”绑在一起？

我说服了自己。

现在我打算用这个理由，去说服我想说服的人，以及那些所有想要说服我的人。

2013 年 01 月 07 日

第一个登门的是叶子。

下午刚刚从移动营业厅补完手机卡，她的电话就震耳欲聋地打了进来。

“你在哪儿呢？方便找个地方聊聊吗？”

“如果你是打算当一个说客的话，还是免了吧。”我直截了当地拒绝了她。

我不想浪费时间。

因为，叶子的电话早在我的意料之中，我知道她一定会以张梅发言人的身份来找我谈话，然后祥林嫂一般喋喋不休，陈述各种利弊，颂扬各番道理。

利弊都是好利弊，道理也是硬道理，大家从小就是听着德智体美劳长大的，谁都知道应该怎么去做一个道德高尚、嫉恶如仇的人，可是我现在不想去念佛打坐，再硬的道理也是华而不实。

“我不想当什么说客，我就是想问问你，你是不是真想和张梅离婚？”

“是的，别无选择。”

“你知道吗老吴，其实我一直都觉得你是一个有情有义的男人，没想到十三年的感情在你眼里也不过如此，为了一个毛还没长齐的小姑娘，你宁愿净身出户也要抛弃糟糠之妻，你可真够下血本儿的。”

“你打来电话不会就是为了想讨伐我吧？”

“有这个必要吗？你的心已经死了，我说破天又有什么用。你口口声声说张梅不爱你，那我给你说件事儿你听听。前段时间张梅说要去青岛散心，后来回来后她跟我说了一句话，说要跟你好好过日子。你知道当时我有多么羡慕她吗？我羡慕她能放下那些肮脏，一切从头再来，你知道这需要多大的勇气吗？你能想象出她那两天是怎么过来的吗？一个人在一个陌生的城市，一个人流泪一个人尝，万一要是有个什么三长两短呢？你想过没有？我都替她后怕！”

“她不是和你一起去的吗？”

“对呀，我们是在一起。可是、可是那什么……我是说你应该想想她为什么能放下过去从头再来，因为她爱你！”

“我知道我对不起她，可是事情已经到了这个地步，我们都回不去了。我的背叛会成为我们一辈子的心病，从此以后她不会再信任我，也许还会天天疑神疑鬼，而我呢，良心上难安，也没脸再见她。你觉得这样的日子继续凑合下去还有什么意思吗？”

“那好吧，既然你话都说到这份儿上了，我也不说什么了。刚才张梅跟我打过电话，她同意离婚，不过有一个条件。”

“什么条件？”

“老吴，我们都是成年人了。你也应该明白离婚不是儿戏，你看这样好不好？你和张梅先分居一个月，这段时间张梅住我这儿，女儿你先带着，送她上学给她做饭，一个月后如果你还坚持离婚的话，我来说服张梅签字。”

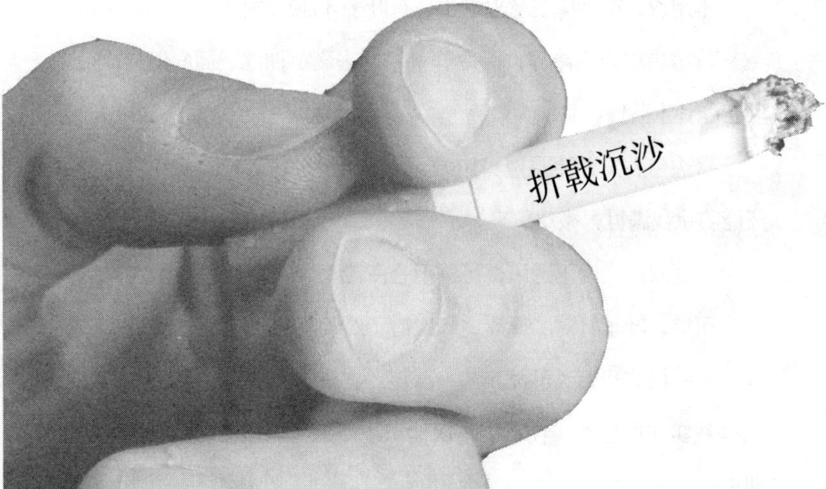
折戟沉沙

2013年01月09日

“拖字诀。”

挂了电话，一股心酸涌上心头，我不由自主地苦笑了笑。

不用说，这种鬼主意恐怕也只有叶子才能想得出。

分居是想叫人冷静，而冷静就是要去剥茧抽丝、面面俱到，最后若能壮士断臂，则皆大欢喜。

身边带着女儿更是量身定做，一来体会“家”的艰辛，再一个还能防止我满世界撒欢乱来。

一箭双雕，密不透风，可谓用心良苦。

可惜，叶子打对了算盘，却找错了对象。

——倒非我冥顽不灵。

其实在这之前，我不止一次地想过离婚，但是没有可以支撑的理由。

没有理由，就不好跟自己和亲朋好友交差。

我总不能因为生活平淡而抬脚走人，如果真要那么干，要么你会觉得我疯了，要么就是我确实真的疯了。

A 哥说：“如果你真想离婚，也应该先和那姑娘分手，这样子离婚才是一个男人！”

那天我没有说话，但并不代表双手赞成。

既然说外遇离婚叫始乱终弃，那么因为平淡离婚就应该是背信弃义，五十步笑百步而已，同样都是生活中的失败者。

无赖就是无赖，再冠冕堂皇的理由也是自欺欺人，也是那个无赖皇帝的新装。

我只是不明白，张梅为什么会死死不肯放手。

是她真的不想离？

还是只是不甘心就此失败、黯然退场？

在我眼里，她一直都是骄傲地生活在我的世界中心。

意见相左的时候，我让她向东，她大概也会向东，但是走起路来多半要扭胯甩腚，生怕我不知道她有多么长的 T 型舞台。如果是小打小闹，吵不了几句她会扬长而去，这原本已是灵丹妙药，可出门时她又总会把门摔得山响，大概想向全世界证明她受了委屈，而事实上她又有多么坚硬；如果是大动肝火，那我们的生活更是富有色彩，我不明白她为什么总是把“离婚”挂在嘴上……

但是我知道，每次吵架她提到“离婚”的时候，绝对不是在向我示威。

“姓吴的，离婚！”

“过不了就离！”

“谁不离谁是王八蛋！”

其实，曾经有无数次，我们彼此对自己手心里的生活都已经失去信心，都有过切肤的厌倦。

所以，这一次我毫不犹豫地拒绝了叶子的提议。

2013 年 01 月 18 日

又一次相亲失败后，Judy 找我借酒消愁。

说起来，Judy 这两年的情感剧场确实是够背的。

用她的话说，自从和前男友分手后，就拉开了史上最熊的相亲生涯。

简单地说，她就是那句特俗的话：我不在相亲，就在相亲的路上。

复杂地说，如果她这两年的相亲历史写下来，估计能从东土大唐写到大西洋彼岸，如果有心情甚至还可以写到更远一点儿，名字都已经想好了：我和 81 个妖魔鬼怪不得不说的故事。

“你们男人到底喜欢什么样的女人？”干掉两瓶啤酒后，Judy苦笑道。

“成功的女人。”

“什么是成功的女人？”

“人家不都说了嘛，这成功的女人呢，客厅要像贵妇，厨房要像主妇，床上要像荡妇。”

“我觉得我就是呀！”Judy委屈地说道。

“那是你觉得！”

“那你觉得我是什么？”

“客厅像泼妇！厨房像泼妇！床上还像泼妇！”

“去死！”

电影《天下无贼》里说，二十一世纪什么最贵？人才！

那么在我看来，二十一世纪最贱的也应该是人才。

人人都自恋，人人都自以为是，人人都觉得自己有两层楼那么高。

拿Judy来说，爹地是工厂大boss，妈咪是国企大科长，本人盘亮条顺，两只眼睛更是大得无边无际，时不时还去各种培训班充电保养，按理说这样的优秀女青年一定是茫茫人海中畅销的硬通货，可二十九岁依然孑然一身，不知花落谁家。

是她眼光高吗？

我倒觉得是她一直都没有看到过自己。

所以她总是不快乐，以为全世界的男人都不识货。

“老妈说今年我要是再不结婚就跟我断绝母子关系，可我真是不想结婚，看看自己身边这些人的婚姻，就说你吧，跟嫂子是大学同学，这应该是固若金汤的正规军了吧？可结果又怎么样？一想到这儿，我连死的心都有。”

“我的婚姻是很失败，可幸福的婚姻也多了去了，你应该多看看积极的那一面。”我安慰她。

“得了吧，就算再积极，我也积极不过那帮小三儿呀！”

“你结婚不会就是为了防小三儿吧？”

“不怕贼偷还怕贼惦记着呢！哎，突然想问你一个问题，这次你离了婚，打算什么时候娶那小姑娘呀？”

“如果你是我，你会怎么做？”

“我觉得你呀，短时间内不会。”

“为什么？”

“你的性格摆在那儿呀，既不想当陈世美，又不想当西门庆。这次好不容易离了婚，我觉得你是不会轻易再把自己关进去的。”

“你还挺了解我呢，来！喝一杯失意的酒。”我端起杯子，自顾自地跟她碰了一下，一饮而尽。

“那当然，暗恋你这么多年，你以为我白耽误工夫呀。”Judy 打趣道。

Judy 看到了老吴，其实我也看到过自己。

人到中年，自然当须逸舟而行。

离婚是一条布满荆棘的河，水深浪大路途凶险，纵使慎之再慎，可　水过后也必将会是体无完肤、血肉模糊。再愚蠢的老吴也会深知其利害，再自私的老吴也必有过深思熟虑的彻夜挣扎。

同理，“再婚”亦是一条坎坷路，对他来说也必定来日方长。

看不到自己，这是我们的悲哀。

看到了自己，才发现原来更悲哀。

2013 年 01 月 23 日

傍晚，小琪家。

离婚陷入僵局，我不想回家，也不能回家。

回家只有无休止的争吵。

反刍一样，你跳脚我骂娘，一遍又一遍地帮对方洗口水澡。如果运气再坏一点儿，说不准还要再次发生流血事件。重要的是，我还想给张梅释放一个明确的改革信号：拖下去只会让大家更难堪。

只是让我费解的是，张梅竟然也没有再出牌。

没有电话，没有短信，一连三天杳无音讯，明显感觉不在同一个星球上。

起初我不屑一顾，以为这不过又是从她那狗头军师那里讨来的安邦大计，可是三天过后我开始莫名地恐慌起来，最后各种胡思乱想齐聚头顶，直到刚才给幼儿园打过电话，得知张梅已经接走女儿后才放下心来。

挂了电话，我为自己的贪婪、怯懦感到羞耻。

是的，这个时候我害怕张梅有什么三长两短。

师出有名，路才好走，每个人都需要一个可以让生活心安理得地继续过下去的理由。换一个通俗的说法，如果说现在发现张梅出轨，那么接下来该会有多顺理成章，不仅所有的纠结都会迎刃而解，而且我也会甩开步子无所顾忌，小琪也会跟着我自若从容。

由此可见，人性原本贪婪，谁也不想把责任背在自己的身上。

所以说，人其实并不怕成为坏人，怕只怕找不到推卸责任的借口。

“我想跟你说一件事儿。”晚饭的时候，小琪突然吞吞吐吐。

“怎么了？”

“她今天上午给我打过电话。”

我微微一怔，手中的筷子也僵硬在半空中。

不用说，这个“她”肯定是张梅。

“然后呢？”我问道。

“她约我见面谈一谈。”

“那你的意思呢？”

“……”小琪蹙着眉，机械地摇着头，半晌后眼泪无声无息地流了出来。

我也一时语塞，心沉如铅。

其实这几天，我和小琪也过得一塌糊涂。

因为已经无戏可演。

以前在一起的时候，我们可以掩耳盗铃，可以没心没肺，可以你是疯儿我是傻儿。

可是，现在不行了。

音乐戛然而止，幕布突然被拉开，台后真正的女主角活生生地跳出来厉声喊了暂停，我和小琪顿时沦为跑龙套选手，缩在台角站也不是坐也不是，面面相觑、分外尴尬。于是原先的各种欢愉变得开始沉闷、呆滞，我甚至有好几次看到小琪在偷偷地发呆。

她有她的思想，我无法左右。

2013 年 01 月 25 日

张梅有一个离婚条件：跟小琪谈谈。

我不知道她在电话里跟小琪说过什么，也不知道她有没有把这一个条件告诉过小琪，但是从小琪现在的反应来看，这些都好像不是重点，重要的是小琪似乎也有很多肺腑之言想跟张梅谈谈。

一张桌、两杯水，四目相对，忧忧戚戚。

我的脑海里立即浮现出她们会晤的情景，世界荒芜，万物空荡，两个人像两颗拉了引信的手榴弹一样，嘶嘶冒烟作响。

我不能接受这样的画面出现。

左边是手心，右边是手背，无论对谁来说，那都将会是一场生不如死的炼狱。

“你能答应我不和她见面吗？”我要阻止小琪。

小琪吸吸鼻子，半晌无语，不知道在想什么。

“再给我两天时间，我答应你把这件事情处理干净。”我又说。

“你知道那天晚上我为什么要让你留下来陪我吗？”小琪忽然抬起泪眼，强颜欢笑。

“是因为我害怕。”

“害怕什么？”我问她。

“害怕你爱的那个人不是我。”她说。

“我知道，从一开始你并不爱我，其实那时候我也不知道自己是不是真的爱你，也许当时只是我们已经寂寞了太久，又恰巧一拍即合，所以那段时间才会玩得那么忘乎所以。可是后来我发现自己渐渐地变了，变得一天比一天痛苦，甚至这几天就连假装开心都做不到，因为我知道我已经爱上了你。”

我继续默不作声。

“你刚才说再给你两天时间，其实我们都知道，这根本就不是时间的问题。如果再有两天就能做出选择，那我们根本就不用痛苦这么长的时间。我能看到你对我的爱，可是也能看到你内心里放不下她，这就是症结所在。”

我继续沉默。

“她比我想象中的要漂亮，也比我想象中的要温柔……”

“你什么意思？”我疑惑地打断小琪。

“对不起，我们已经见过面。”她苦笑了笑。

“你知道吗？本来今天下午见面的时候，我是打算要去说服她的。”她又说。

“你的意思是说，结果最后她说服了你？”我问。

“她很要强，我也是，当然也可以说我们两个人都很骄傲。骄傲的人和骄傲的人在一起，谁又能说服谁呢？”

“那然后呢？”

“我想问你一个问题，如果没有我，你还会和她离婚吗？”

“为什么要这么问？”小琪的答非所问让我有一种不祥的预感。

“你先回答我。”

“以前不会，但是发生了这么多事情后我改变主意了，就算没有你，我也会离婚。”

“那好，我们拉钩，我会在那一天里等着你。”话未说完，小琪已泣不成声。

“你们到底谈了一些什么？你是不是有事情瞒着我？”

“没有呀！”小琪的干脆漏洞百出。

“那你有没有发现你很不对劲？”

“没什么，我就是想跟你说我爸爸明天来接我，我想回家。”

2013年02月01日

有人说，生活是一张巨大的筛子。大浪淘沙，洗尽铅华。

每一份感情，每一个从我们生命中走过的人，对我们来说都曾经弥足珍贵，甚至在这其中有一些人或事会让我们以为能天长地久、不离不弃，可到头来还是被时光给无情地遗失，可能是我们放弃了她们，也可能是她们放弃了我们。

小琪走后，我的生活似乎只剩下了一个主题——离婚。

离婚协议书一式三份，我已经练完书法，现在只等张梅签字画押。

“没什么意见的话，你就把协议书签了吧。”我心平气和地提醒她。

“先放那儿吧。”

“已经放三天了。”

“我知道，可是我还没看完呢。”

“那你打算什么时候看完？”

“等我想看完的时候，自然会看完。”

“我现在可以念给你听，五分钟的时间就够了。”

“我先出去买点东西，等我回来再说吧。”张梅依旧面无表情。

“回来再说”的潜台词就是不问不说，这也是张梅这几天的惯用手法。

不哭不闹不挣扎，只要我不开口说话，她就兢兢业业地跟我表演哑剧。我说分居，她一声不吭地去隔壁房间帮我收拾床被，昨天晚上我决定绝食抗议，她不卑不亢、无动于衷，饭点儿一过饭菜立即撤席，连眉头都没皱一下。

“不是都已经说好了吗？等你跟她谈完话后我们就离婚。”后来我使出杀手锏。

“对呀，我们是这么约定的，可是你并没有同意我和她之间的谈话，那是我自己努力争取来的结果，所以这个条件也不成立。”

“别这么无赖行吗？”

“我没无赖呀，你自己再好好琢磨……”

“那你再说一个离婚的条件！”我打断她。

“不如让女儿跟着我？我也可以什么都不要，我保证能让她幸福。”

“你明知道这不可能。”

“所以呀，那你还得再给我一些时间，让我仔细想想。”

我彻底被张梅打败。

结婚这么多年，这是我第一次被她收拾得毫无办法。我生气，她无视；我挖苦，她无言。就像一个跳梁小丑，我站在舞台中间上蹿下跳想引她入套，而她自始至终冷眼旁观、一语不发，仿佛只为等我什么时候灰溜溜地无趣下台。

“如果你早这么对我，我们不会走到今天这一步。”我叹气。

“如果没有她，我们也不会走到今天这一步。”

“就算没有她，这一天也是一个时间问题。”

“会吗？”张梅似笑非笑。

“不会吗？”我冷笑反问。

是的，这就是我想要跟张梅证明的。

这次我迫不及待地离婚，就是想告诉她不是为了谁谁谁，而是想跟她证明前半生我们做了一件世界上最愚蠢的事情：为了结婚证书而结婚。

原本以为，有了那一纸婚书，就能证明我们可以光明正大地一起睡觉。

谁曾想到，它最终要证明的是：今天睡了，明天还想睡。

而我和张梅证明的却是：今天睡了，明天还必须睡！

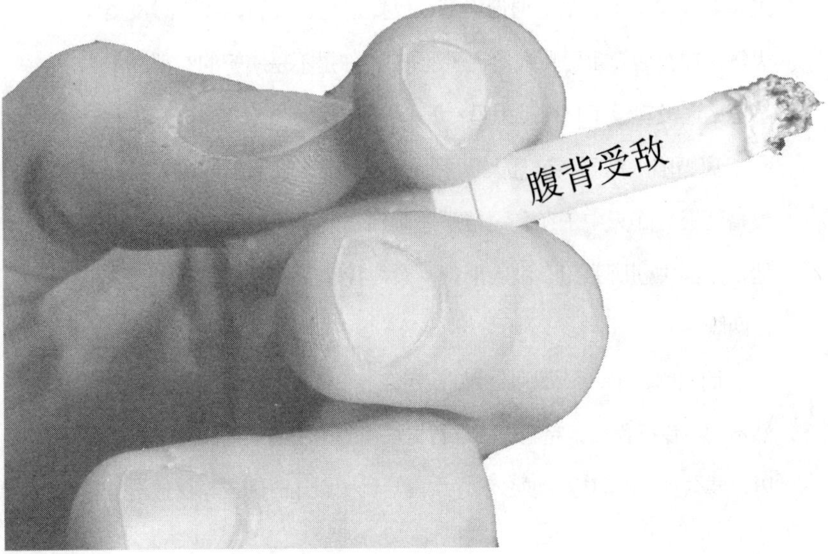
腹背受敌

2013年03月12日

下班时分。

花花大少旧病发作，也不知道刚刚勾兑的是哪国妖精，在电话里非要我晚上出去陪他逍遥一把，反复谢绝无效后，我一时没搂住火气，冲着话筒噼里啪啦地吼了起来，“你是不是属驴的？都说不去了怎么还没完没了！有意思吗？”

离婚陷入僵局，这几天我看谁都不顺眼，看谁都好像欠我一张离婚证书。昨天中午在公司楼下还碰到一个手捧玫瑰的帅哥，只见他在人群中翘脚张望、满脸期待，看得我郁闷无比，恨不能上去踢他两脚。

而相比之下，张梅则比我要淡定许多，任凭我闪转腾挪，她自岿然不动、我行我素，完全一副拿着村长不当干部的谈判架势：离婚可以，要么女儿跟着她，要么就是“再给我一点儿时间，等我想清楚了再说吧。”

一个字：耗！

我知道张梅想干什么，而且我相信她的背后现在一定有叶子指使打气，否则的话以我这么多年对她的了解，在我如此这般的处心积虑的冷漠刻薄面前，相信骄傲的她绝对走不了几个回合。

可惜，也许我应该让她提醒一下叶子，那就是任何一场战争大概都要有这样一个过程：开火宣战、激烈拉锯、溃败收兵。

离婚大战尤其如此。

下班回到家，张梅正在换衣服，看上去要出门的样子。

“叶子晚上请客吃饭，你有时间吗？”她转过身，目不转睛地问我。

“没空。”我好像刚刚从冰箱里钻出来。

“一起去吧，她特别交代说主要是想请你呢。”

“老爸，你就陪我和妈妈一起去吧。”女儿也在边上帮腔。

“爸爸今天太累了，下次再去吧。”我强颜欢笑，弯下腰捏了捏女儿的脸蛋。

“那好吧，你不去我们先走了，你自己做点吃的吧。”说完后，张梅弯弯嘴角，领着女儿“咯哒咯哒”地下了楼。

什么叫多余？

李碧华说：“夏天的棉袄，冬天的蒲扇，还有等我已经心冷后你的殷勤。”

老吴说，一袭长裙，一双高跟鞋，还有一张貌似温顺的脸。

罕见的，穿起了长裙；罕见的，穿上了高跟鞋……现在张梅的路线着实吓人，无论是穿着还是脾气，一看就是为我专业量身定做，这多少让我有过些许感动，不过看她一下就能从脚跟武装到头顶的力度，我怀疑她已经看到了我的这个帖子。

如果真是这样，倒也能让我省下很多口舌。

没错，我不相信一个人能轻易为谁做出改变。

江山易改，本性难移，如果能改，何必今天？

从前，她是在做自己。

现在，她是在演自己。

我讨厌如此毫无原则地去讨好一个人。

没有了你，我还有自我；没有了自我，你还剩下什么？

“你太狠了！”Judy 在 QQ 上讨伐我。

“狠吗？”

“要是我，哼！一定拿刀劈了你！”

“来吧，一定让你劈个痛快！”其实我要的就是这种发自内心的真实。

“看在她不计前嫌、委曲求全的份上，要不还是别离了吧。”Judy

又劝我。

我无声地笑笑。

无他，不是我非想让人拿刀一劈两半。

只是因为，我已经看见，如此的迁就，并不是这一次战争的结束，而是下一次战争的序幕。

仅此而已。

2013 年 03 月 15 日

周六。

早晨起床后，女儿嚷嚷起要去爷爷奶奶家过周末。

我双手赞成，暗自盘算着正好可以利用这个时间再给张梅上上课。而张梅则对女儿百般利诱，直到最后女儿以她自己那招牌般的放声大哭才无奈罢手。我在边上冷眼旁观，越看越发的灰心。

说起来惭愧，女儿自出生断奶后，这些年一直都跟着爷爷奶奶生活，今年幼儿园大班后才重新回到我们身边，所以她对二老的感情异常深厚。而再看我们这对衣着光鲜的父母，表面上好像是因为忙于工作，可实际上真正的原因，我和张梅彼此心知肚明。

曾经在一个 QQ 群里，听到一个刚升级为妈妈的女人放声歌唱：哎呀呀，你说这儿子要是一生下来就能跑该有多幸福呀！

幸福吗？

依我看来还是不够，应该一生下来就直接让你当婆婆！

一步到位，连彩礼钱都省了，那才是她的幸福。

当然，在这里我无意冒犯他人。

事实上，我想说的是，其实我和张梅也是这般缺乏耐心的人。

尤其遇到女儿淘气的时候，翻来覆去的就是那几板斧子。

先是商量，“宝贝，你看这样行不行……”不行的话接下来就开始哀求，“妈妈肚子疼，别气妈妈了好吗？”再不好的话就开始恐吓，“你再不听话爸爸就把你扔出去！”如果到了这招还是不管用，那接下来我们就成了柳宗元笔下的那头拴在山脚下的黔驴，唯有施展家庭暴力——打屁股。

“女儿是她奶奶带大的，你凭什么说带走就带走？”前几天我质问张梅。

“她是我身上掉下来的肉！”

“现在知道是肉了？她小时候拉屎尿床的时候你干吗去了？”

“我不是要工作吗？”

“工作就不带孩子？你看看你身边的人，哪个女人不工作？哪个女人不是因为舍不得孩子而宁愿自己辛苦地带着？再看看你都干了些什么？我妈帮着带了五年的孩子，就是到现在还会经常帮你盛饭，结果呢？你不还是照样对她甩脸色，你以为我看不出来吗？”

“那你对我父母就好吗？”

“不好！我承认！可是你父母什么时候对我好过？”

……

够了！够了！够了！

撕开伤疤撒上盐，再问一声咸不咸，满地狗毛，触目惊心。

我惧怕这种赶尽杀绝般的争吵、挖地三尺般的屠戮，挫骨扬灰般的哀嚎。

字字见血，句句诛心，永世不得翻身。

记得曾经看到过一份调查，上面说再恩爱的夫妻，在一生之中也有至少100次想离婚和50次想掐死对方的想法，那么对于现在已经病入膏肓的我们而言，谁敢保证如此的相互攻击之后，接下来又该上演什么节目？

是恶毒谩骂？

还是大打出手？

——很多时候，我们总以为自己早已经进化完毕。

实际上，我们依然还是树上的那只猴子。

穿上衣服，不是为了遮羞。

只是为了自欺欺人。

2013 年 03 月 18 日

傍晚，父母家。

2005 年结婚没多久，按照当地的传统风俗我们和父母分了家。瓦房两套，爷俩每人五间；存款六万五，老爷子分给我三万五，当时我没好气地在边上翻白眼，“三万两千五！多一分都不要，分就分得公平！”

那时候，我是有怨言的。

我并不想分家。虽然说还有一个姐姐，但是两年前已经远嫁他乡，况且就算分了家，我们还是照样围着同一口锅吃饭，最关键的是内心情感上无法接受“分家”这个单词，可惜在父亲的坚持下，最后还是分了家。

那时候，我想父亲是想要自己的儿子去学会独立，懂得责任。

一转眼这么多年过去，现在我才明白原来我只是理解了其一。

从后来发生的许多事情上可以看出，我相信老爷子当初肯定还担心了一枚棋子，那就是婆媳关系。

除了夫妻外，我想这大概、可能、也许是世界上最让人头疼的组合了。

一句话：剪不断，理还乱。

过去，这只是你和我两口子的恩爱忧愁。

现在，你还要对付我妈！

所以说，媳妇难当，两面夹击、腹背受敌，自然那更是别有一番滋味在心头。

我认识一个聊友，小两口北上创业，父母则江南而居。有一天我看她的 QQ 签名换成了“婆婆明天就要来小住，好期待！”然后接下来的几天就是大晒特晒尼亚加拉瀑布晒，“今天陪婆婆逛街，好高兴！”“婆婆晚上特意为我包的饺子，好开心……”

好期待！好高兴！好开心！

好吧，我好想唱歌，“2012 年的第一场雪，比以往来得要晚一些……”

是我一定要如此阴暗吗？

其实我只是更愿意去相信“人生若只如初见”的道理，雪狐告诉我，她对维护好婆媳关系的定义是“距离”，从理论上来说，我认为这有些酸涩，但是从实践上来说，我认为这相当靠谱。

距离产生美，小别胜新婚。

天天见面？

那好，拔刀相见！

我还有一个异常机灵的女同学，婚前头头是道，自诩八面玲珑，可惜婚后没多久连说话也不利索了，“头！头！头！疼！”

八面玲珑？

边儿歇菜去！

十面埋伏！

由此可见，做女人难，做媳妇儿难，做儿媳妇儿难上加难。

2013 年 03 月 21 日

在老太太的眼里，张梅并不是一个优秀的儿媳妇。

这让我颇为不堪。

自己的女人不能讨老妈欢心，在任何一个正常脾的老公那里，相信这都是一块心病。其实我也曾经练过功夫，恋爱的时候屡屡给张梅补脑，说以后你对我好点儿坏点儿没什么关系，但是一定要对我妈好。

当然，我并不是说张梅做得不好。

我想说的是，曾经在很长一段时间里，我只是简单地把她和老太太的纠结归罪于两点，一是因为地域差异造成的风俗习惯不同，再一个就是年龄代沟导致的生活观念不对等，可是后来才渐渐明白，其实完全不是这么一回事儿。

举一个简单的例子。

我家楼下住着一位患有白癜风的大妈，面部相当瘆人，以至于每次碰面都会让我鸡皮疙瘩掉一地，有一次我们在电梯里狭路相逢，热情的大妈对我女儿赞不绝口，从那以后再见大妈我竟然觉得亲切了很多。

还有一次带女儿逛商场，买巧克力的时候女儿一不小心睬了旁边姑娘一脚，该姑娘转过头来怒目而视，我微笑着道完歉后，情不自禁地又多打量了她几眼，那是绝对的性感尤物：吊带短裙黑丝长腿，小蛮腰上那喷着火星子的蝴蝶刺青更是看得我心里奇痒无比、跃跃欲试，心想要不是女儿在场……

哼！

先敲断她的狗腿！

——因为女儿，我发现自己可以轻易地爱恨无度。

书上说，这叫爱子心切、护犊情深。

由此我想，老太太和张梅的矛盾根源大概也在这里。

在老太太眼里，这个男人是我的宝，他从小对我百般依赖，我见不得他受半点儿苦、吃半点儿亏；而在张梅的眼里，宝不宝的先放一边，反正这个男人从小就被你宠坏了，我得重新调教他。

于是，一个捧，一个棒，各种暗战大片在婆媳的眼皮子底下粉墨登场。

比如说清晨。

老太太进出房间蹑手蹑脚，东西轻拿轻放，就怕惊醒了儿子的美梦。

而吴太太呢，出场费则贵得要命。

轻则左手一只鸡、右手一只鸭，重则敲锣打鼓、鞭炮齐鸣。

其中还有几次我怀疑她是不是想把房子拆了。

再比如说饭菜。

煎炸烹煮，老太太总是变着花样儿让儿子吃香喝辣、大快朵颐；

吴太太呢，哎呀，算了，那个什么……我又好几天没吃过早餐了。

总之，我的青葱小伙儿交到你手里，你就应该像我那样继续宠着他、爱着他。

结果，交给你简直就是他娘的送进了狼窝：起得比鸡早，睡得比狗晚，干得比驴多，吃得比猪差……

“对我好？”

哼！先敲断你的狗腿！

2013 年 03 月 25 日

毫无意外，对于我的离婚决定，父母坚决地投了反对票。

“张梅是有一些缺点，可是她也有很多优点。”老爷子言简意赅。

“怎么好好的突然就想离婚了呢？你以为离婚就那么简单？你们十几年的感情难道是一张白纸？抛开别的先不说，你看看你的女儿，就算是为了孩子，你也应该去好好地想一想……”

我内疚得无以复加。

闷头抽烟的老爷子、絮絮叨叨的老太太，还有正坐在电视机前沉浸在动画片里的女儿，我的脑袋里好像缠了一团电线，想想自己真是不孝，都三十多岁的人了，还要给父母添堵。如果十几年后我的女儿同样站在我的面前，然后同样告诉我一个这样的噩耗，我又该怎么去面对这一切？

没有最自私，只有更自私。

突然发现自己竟然已如此的不堪。

我甚至开始为自己的坦白感到了后悔。

其实我并不想把离婚的事情告诉父母，不怕你笑话，最开始我还想过要先斩后奏，琢磨着等离婚后再向父母负荆请罪，到时候就算父母如何雷霆也只能接受现实，可是想来想去，最终还是打消了这个大逆不道的念头。

我还想过要给岳父岳母再打一个电话，只是同样犹豫了半天，也没忍心再去糟蹋自己的这张老脸。

但最终我还是告诉了父母，因为我要让张梅知道，这婚非离不可。

“兵马未动，粮草先行。”只要张梅知道了我的决绝和不顾一切，我相信现在假装淡定的她绝对再也走不了几个回合，必定一泻千里。

“是不是你出了问题？”晚饭后我在阳台上抽烟，老太太走了过来。

知儿莫如母，我默认。

“我不管你外面有没有女人，反正我和你爸不同意离婚！”老太太声调突然跳高。

“可是这种生活我已经过够了……”

“我看你是好日子过够了！”老太太厉声打断我。

“你能不能别管我的事儿了？”

“我不管谁管！啊？我问问你，我是你妈，你的事儿我不管还有谁来管！我实话告诉你，我是对张梅有一些意见，可是总体上来说我认她这个儿媳妇，你要是离了，以后别进这个家门！”

我大口大口地抽着烟，无力发声。

“好孩子，听妈一句话，行吗？”沉默半天后，老太太风格又变，走起安抚路线。

“你还记得吗？第一次张梅来咱家的时候，你们在客厅里玩，她坐在你的腿上，你给她剥着橘子，那时候咱家还没有这么大的房子呢，为什么现在生活条件好了，你们就这样那样了呢？”

“以前是没时间想，现在我想明白了，不能再这样稀里糊涂地活下去。”我说。

“那你跟别的女人就合适了？家里家外你怎么就分不清轻重呢？我告诉你，你别以为我什么都不知道，电视上天天都演着呢，你们这些吃饱了撑着的人，就知道胡搞！”

“这是两回事儿！”

“什么两回事儿？我看就是一回事儿！”

“……”

“为了孩子,为了我,你再想想……”说着说着,老太太抹起眼角。

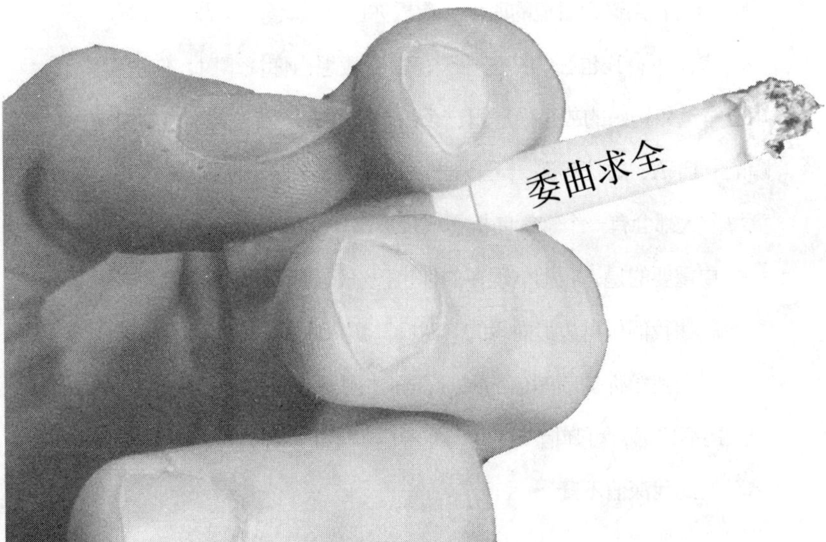
委曲求全

2013 年 04 月 06 日

写给女儿的一封信。

亲爱的女儿：

当你看到这篇日记的时候，我想你已经长大了。

事实上，我也在等待这一天，因为我想当你懂事时，你也应该知道爸爸和妈妈的故事。尽管这个故事里面充斥着各种不堪的谎言、龌龊、自私、虚伪等等，可我依然还是想毫无保留地讲给你听，毕竟每个人都会有一个蜿蜒曲折的成长故事。

更重要的是，我相信现在的你也已经做好了倾听的准备。

就让我们从身边最熟悉的“时间”切入主题吧。

现在我给你提笔写信的时候，你才刚刚五岁，虽然听上去离你长大还很遥远，可弹指一挥间，你便已少年。

对此我深信不疑。

就好像五年前的你一样。

那时候，你刚刚出生。

每天奶瓶、尿布、天籁一般动听的咿咿呀呀，尤其值得一提的是，还有你那招牌似的哇哇啼哭，常常会在深更半夜响彻云霄……那时候我和妈妈经常会守在婴儿床前陪你傻笑，也经常会情不自禁地在心里念叨，这个小家伙什么时候才能说话走路？

结果一转眼，现在你都会跟爸爸妈妈讲道理了。

如果再朝前看一个五年，那里是我和妈妈的快乐世界。我们相识、相知、相恋，从望穿秋水到魂牵梦萦，从如胶似漆再到山盟海誓，那里的天空一尘不染，那里的生命纵情歌唱……如果你现在已经有了男朋友的话，我想倒可以让我省去不少的浪漫辞藻来形容那种美妙的感觉。

呵呵，你懂得。

总之，我想告诉你，那是爸爸和妈妈这一辈子当中最幸福快乐的时光，没有之一。

当然我们还可以加把劲儿，再朝前看一个五年。那时的我正如现在的你一般年少芳华、情窦初开，面对这未知的世界、未知的将来，有时候会喜欢浮想联翩，比如说娶一个什么样子的女子、该怎么和她一起来经营自己的家庭、该怎么教导自己的孩子等等。当然不只是我，我想那时的妈妈也一定如此憧憬过。

五年后，因为同一个目标，我和妈妈走到了一起。

又一个五年后，你的出生让我们的目标更近了一步，也彻底改变了我们的生活。因为有你，我们变得更加的忙碌充实；因为有你，我们增添了更多的欢声笑语。我和妈妈曾经以为这就是我们一家人的幸福，以为会彼此携手一起陪着你天荒地老，可惜现在我们失败了。

时间是一把杀猪刀，利刃之下，我们终于已体无完肤。

我们低估了生活，高估了自己。

所以，今天我和妈妈决定分开。

这是一个糟糕无比的结局，也是一个艰难无比的决定。就在刚刚，我告诉了奶奶这个不幸的消息。奶奶说为了你，劝我和妈妈再慎重地想一想。还有人告诉我，说单亲家庭的孩子在成长的道路上会有一定的心理阴影。我不否认这些话的威力，也无法预测到将来的你会是什么样子。但是我想告诉你，为了你，我和妈妈可以倾己所有。

——不仅仅是因为我们给了你生命，更是因为你是爸爸和妈妈的生命见证。

当然，我们也不是没有想过继续生活在一起，用我们的委曲求全来哺育你的幸福童年，用我们的貌合神离来换回一个完整的家庭，可我还是没有说服自己。因为我想在你成长的路上，你更需要的是我们的爱，而不是一个冷漠完整的家。我甚至在想，如果有一天你发现了我和妈妈没有离婚的原因，你是该为我们感叹欢呼，还是该对我们皱眉鄙视?

绑架了你，我们不会幸福。

绑架了我们，你也未必快乐。

所以思前想后，分开也许才是我和妈妈的最好选择。

不要抱怨、不要愤恨，作为一个朋友，我想告诉你，这个世界上谁也不欠你什么，我、妈妈、你身边的每一个人，没有人有义务为你的过往买单，也没有人有义务为你的前程引路。当然你也不欠谁什么，来到这个世界上，你我的命运本身就是一场修行，我们聚在一起，也不过也是数场修行的盛宴。

作为一个父亲，我想告诉你，将来有一天你也会嫁人、生子，会遇到各种各样的苦难、麻烦，甚至还可能会像爸爸和妈妈一样遇到这该死的七年之痒，到时候你可能会坚强面对，可能会号啕大哭，还可能会麻木不仁……

这就是我们的生活。

每一条路，都在我们的脚下。

我们谁也不知道明天会发生什么，谁也无法停下前行的脚步。

因为我们一直都在路上。

但是，只要你愿意相信，你就可以走得更远。

只要你愿意相信，我和妈妈就一直陪伴在你身边。

祝福你，我们的女儿。

2013 年 04 月 11 日

好吧，可以开场了。

小米加步枪的年代已经结束，海陆空三栖战队联手出击才是制敌王道。

回到家后，我把自己这次翻箱倒柜折腾出来的家底一一亮了出来：跟父母的谈话、写给女儿的信，当看到读完信后的张梅依旧坚持沉默不语后，又无比温柔地跟她笑了笑，“如果你觉得有必要的话，我现在还可以给你的父母打一个电话。”

“不用！”张梅突然暴怒。

一个字一个字地从嘴里朝外蹦：“我！跟！你！离！婚！”

Yes！

华佗再世！妙手回春！

此时的老吴，欣喜之余充分展示了一个假药贩子的专业服务水准，快步去书房把离婚协议书拿了出来，然后钢笔拧开笔帽，协议书展开压平——就算是解放前伺候皇军的汉奸二鬼子恐怕也不过如此。

张梅刷刷几笔一气呵成，然后“啪”的一声把钢笔摔在茶几上，笔帽跟着一下弹出老远，在地砖上传来几声清脆的声响，有那么一瞬间，我以为是阳台的落地玻璃窗坠地的声音，分外逼真。

“离婚！王八蛋！”

我顿时清醒过来，看着怒吼抓狂的张梅和那张黑白分明的协议书，心如同被针扎一般骤然收紧，结束了？

十三年的感情难道就这么结束了？

“姓吴的，我实话告诉你，我早就受够了！”

哦，是的，真的就这么结束了。

民政局。

一切还是那么熟悉，红砖青瓦，绿树掩映，满墙郁郁葱葱的爬山虎无边无际，就像一张月老精心编织的网。七年前我们经过这里的时候，张梅笑着说有了这张网后这辈子我们再也跑不丢了。那天我们心情大好，手拉着手，脸对着脸，临出门时张梅还特意给了门卫传达室的老大爷一包喜糖。

而如今，一切照旧。网还在朝着天际边无声无息地延伸，端着紫砂茶壶的老大爷还是那么慈眉善目，唯有我们经过时间的冲刷，笑脸已成迷雾。

“财产、孩子都没问题了是吧？”递上结婚证、户口本、身份证等资料后，办事员懒洋洋地问道。

“没有。”张梅面无表情。

"你呢？"

我微微皱了一下眉头，看着窗口里那个四十多岁的中年妇女，不知道为什么她连基本的说合都没有，到底是人情淡薄，还是她已见怪不怪？

"没有。"我回答。

"你们把表填一下吧，填完后握个手，离婚了还可以做朋友嘛。"

"今天我们这是第几对离婚的？"签完字后，我问她。

"问这个干吗？"

"不干吗，随便问问。"

"不知道，每天离婚的人多去了，我哪有时间给你计数。"

"那你离过婚吗？"

"哎，我说，你这是什么意思呀？"

"没什么意思，就是随便问问。"

"对不起，我这是上班时间，没闲工夫跟你聊家常！你自个儿心里要是堵得慌，出门右拐，桥洞子底下找算命的聊去！来，麻烦请让一下，大家的时间都很宝贵，别耽误了后面的同志！"

……

走出民政局大厅，一路上我都在为自己的恶作剧大笑不已，直到快走到门口的时候，张梅冷不丁地从包里拿出一架相机，然后微微地抿了抿嘴角，说："老吴，我们再拍一张合影吧。"

我的鼻子一酸，所有的伪装化作泪水终于控制不住地滚了出来。

“七年前，我们用一张合影从这里开始；今天，我们也用一张合影从这里结束吧。”

我点点头，刚想去拜托传达室的老大爷帮忙拍照片，这时候小琪也不知道从哪里跳了出来，说：“我来帮你们拍吧。”

“你忘记我们的约定了吗？”张梅猛地把相机摔在地上。

我一下子睁开眼睛，看着凌晨下空荡荡的停车场。

原来是一场梦。

2013 年 04 月 16 日

大凡离婚的消息一经路边社发布以后，你也就成了家务院的新闻办发言人。

姑家 TV、舅家 TV、七大姑八大姨等各路亲友团记者们会在第一时间内，脚踩风火轮臂戴红袖章手持大喇叭，蜂拥而至。

上午，表哥打来电话问我中午有没有时间，我说没有，他又说那晚上吧，一起吃个饭。刚挂了电话没多会儿，堂弟又打来电话说晚上请我吃饭；下午又接到了两个一起光屁股长大的朋友的电话，大家风尘仆仆、口径一致，都是说晚上一起吃饭。

幸福来得太突然，我一时方寸大乱。

这么多饭，我怎么吃得过来？

唯有一概通通拒绝。

只是，我显然低估了大家支援灾区、救死扶伤的决心。

比如说表哥，坚持以有困难要帮，没有困难制造困难也要帮的救火态度，上午被拒之后则干脆下午下班的时候直接把我堵在了公司。

“你到底怎么想的？这外面的漂亮女孩儿多去了，给点儿钱打发走就完了，干吗还非得搞出这么大的动静？分不出轻重！”他上来就是一锤子劈头盖脸。

我苦笑不语。

“听人劝，吃饱饭。”我知道大家纷沓而至的意思。

可是现在我不想诉说，不想解释。

众目睽睽之下展示自己的伤口，在我看来这是一种很无趣的行为。大家自然也会知道你的疼痛，可包扎伤口靠自己，愈合求生靠自己，挣扎洗礼还是要靠自己——在这个世界中，还有谁能比我们自己更明白自己？

所以，如果有可能，我更愿意选择一个人静静地闭关舔舐疗伤。

“你要是离了，我们都不能接受。主要是太霸道了！你说要是张梅做了什么对不起你的事情，那咱不能吃这亏，我也支持你离。可是现在人家哪里对不起你了？哪能你想离就离，想怎么着就怎么着？”

又一锤头。

“哥，拜托你别说了，让我安静会儿可以吗？”我作揖求饶。

“怎么不可以？太可以了！你现在是大爷，谁敢惹你！不过我得先给你说清楚了，今天上午老太太打过电话了，在电话里哭得可挺伤心，她的身体状况是什么情况你最了解，所以你自己好好想想吧，别一根筋活到头，小心最后收拾不了局面！”

狠狠的一锤头！

我的头皮阵阵发麻。

其实从这次一夜之间就红透了整个东南亚的曝光系数上来看，我也能猜测到肯定是老太太急了眼，不然的话她不会不顾年老体弱和风言风语，满城扫荡活佛菩萨来拯救她的不肖儿子。

这是人生中最残酷的一个逻辑。

我今年三十五岁，本该是衣食无忧、合家幸福的年龄。

可是此时我的母亲，正蹒跚着小脚在大街上泪流满面。

她会想起什么？

眼前这个三十五岁的男人？

还是曾经那个襁褓里的婴儿？

2013 年 *04* 月 *23* 日

关于离婚。

迄今为止，我一共有幸亲眼观看过三种不同版本的“夫妻杯”拳王争霸赛。

第一种是煽情型的。甲乙双方食欲旺盛、惺惺相惜，执手相看泪眼，忆往昔峥嵘岁月，叹今朝灰头土脸，展未来任重道远，临了还不忘再悲悲戚戚地拽一句台词“亲爱的，喝完这杯酒咱们明天就一路顺风吧”。

第二种是发情型的。你是大号黄飞鸿，她是小号李莫愁，找不到擂台上锅台，来不及宝刀摸菜刀，然后二话不说，甩开膀子就杀人放火，“当初要不是老娘一时头昏脑涨瞎了眼，会看上你？”

还有一种是热情型的。嘲笑冷笑加狂笑，笑到最后剩卖笑。“哈哈哈！实话跟你说吧，外面喜欢我的人多着呢，你今儿走明儿就有人来抢位子！不信咱就试试！信不信？信不信？哈哈哈哈……”

可惜，无论哪一种类型，发展到最后原来都是调情型。

——永远都是雷声大雨点小。

——永远都是一吼二跳三睡觉，睡醒之后接着闹。

这曾经一度让我遐想到精神失常，到底是什么样的干粮才吃得你我如此变态分裂？

直到身临其境才明白，原来这才是离我们最近的离婚注脚。

结婚七年，我们不是痒了，而是病了。

今天对眼，明天翻脸，后天一边对眼一边翻脸。

人人都是变脸大师，人人都是间歇性精神病患者。

有时候想想，为什么明知不可为，我们却偏偏要嘴碎之？

为什么屡屡发狠之，却又回回反悔之？

我想大概是：纵然你可以找到一万个离婚的借口，但也能找到一万零一个不离的理由。

或者说白了，其实离婚就是一句话：两害相权取其轻，秤砣自在我心中。

你对到天边也好，她错到海底也罢，不重要。

你失望透顶也好，她恨到牙痒也罢，没关系。

到了天边也要吃饭，沉到海底也要睡觉。失望透顶还能用嘴巴呼吸，恨到牙痒明天的太阳也会照常从东方升起。

吃喝拉撒睡，疯呆痴傻癫，不管她是千姿百态还是千疮百孔，不管你有千军万马还是有千变万化，反正上吊卧轨跳悬崖，总有一款适合你。

我决定妥协。

母亲、女儿、十三年的风雨共济……

表哥说的没错，离婚不需要理由，只要你有足够的勇气。

尤其让我怀疑的是，还有那天晚上的那个梦。

因为过于真实，以至于这几天我时常会看着张梅的身影发呆。虽说现在我们已经失去了最基本的信任和尊重，每天度日如年、气若游丝，可是在那个梦里，就在民政局我们签字画押的那一刻，我发现自己竟然还是那么的依依不舍……

“既然徒劳无功，不如逆来顺受。”我想起了女同学的悲悯长叹。

“为了孩子，为了我，你再好好地想想……”我想起了母亲的泪眼婆娑。

“爸爸，你不要再和妈妈吵架了好吗？”

我心如刀割。

这么多年，一块砖，一片瓦，层层叠叠唇齿相依。

精神上，牵一发而动全身，打断骨头都要连着筋。

物质上，不仅劳民，而且伤财。

从这个角度上来说，我们离婚的意义堪比秦始皇修建万里长城。

所以，唯有臣服。

2013 年 04 月 24 日

记得有位诗人曾经说过，生活是一条河。

第一次读时我似懂非懂，但是现在已渐渐明白了这句话的意思。就是说，纵然此时河流汹涌湍急，可终有一天它也会尘归于平静；即使现在河面平静，但是谁又能看见河底的暗涌正咆哮不息？

——每个人心中都有一条雅鲁藏布江，多大的浪花都会适应，因为不管怎么折腾，早晚会习惯。

因为我们的宿命都是汇拢入大海，直至无声无息。

一晃半个多月过去，夏天走了，秋天来了。

晚上叶子张罗着请客吃饭，据说最近一段时间她刚刚交了新男友，张狂得无边无际。本来我对这种相面打屁饭局没什么兴趣，但听张梅说他们是一见钟情，而且下个月就要结婚后，八卦之心油然而生。

街头邂逅？一见钟情？闪婚？

“我想要的爱情，是于茫茫人海中和某人的偶然相遇，不早不晚，不偏不倚，一眼万年，不离不弃，哪怕是一见误终身！”

这是叶子的套路？

别逗了，返老还童吗？

实话实说，我并不喜欢叶子。

确切地说，是她这种类型的女人。

因为太精明，粘上毛就是猴子，做任何事情都有自己一套完整的性价比。

第一步怎么走，第二步跳到哪儿，碰到水搭哪条船，遇到桥迈哪只脚，一切都在计划之中。在她和张梅交往的这些年中，我从来没见她吃过什么亏。就拿这次她的离婚大战来说，最后老外死得相当惨烈，据说连杨白劳都不如——连根红头绳都没拿走。

前几天张梅对我说这事儿的时候，我禁不住对其肃然起敬。

这简直就不是人，而是一台银河计算机。

每秒钟运算上亿次，分分钟就能摆平八国联军。

心悦诚服之余，我俯首送其外号：爱因斯坦安得牛顿司机夫人。

张梅听完后，直接笑翻天。

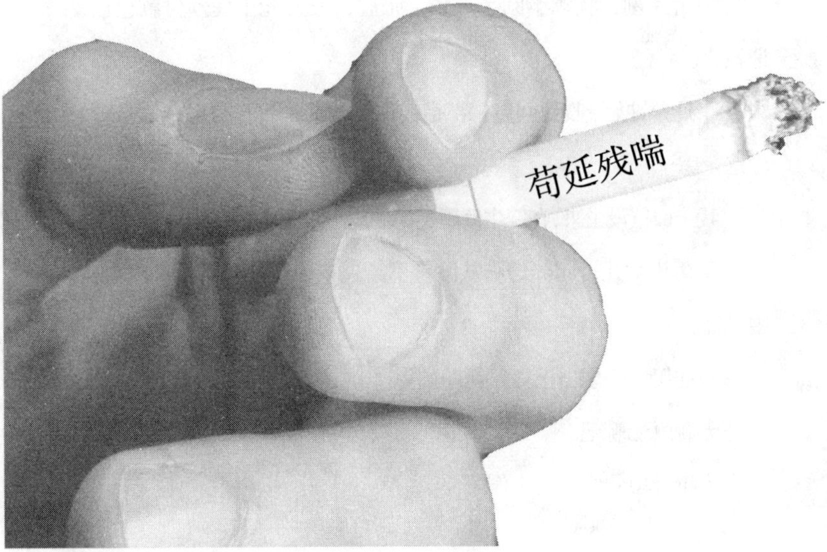
苟延残喘

2013年04月25日

清晨醒来，收到一条骗子短信，让我把钱转汇到另外一个建设银行账号。

思忖片刻，我顺手回了一条：张总，三万元工程预付款已汇，请查收。

十几分钟后，收到回复："都跑银行八趟了，为什么还没收到钱？你这个骗子！"

我一口气没上来，在卫生间里笑得墙皮纷纷脱落，牙膏沫子飞满天。

张梅和女儿一起赤着脚从卧室里跑过来惊讶地看着我，以为我中了邪。

我讪笑，心想自己真是无聊到家了。

无聊就无聊吧。

人嘛，总要学会苦中作乐。

如果不能破茧化蝶，那就唯有端起孟婆的碗来，喝一碗叫作失忆的粥，假装我们从未来过。

现在，我喜欢如此安慰自己。

就这样，看上去我和张梅似乎已经进入轨道。

每天吃饭上班，聊一些无关痛痒的话题，然后不定时地再神神道道地念几遍经，装神扮鬼，日复一日。

Judy 笑我，说不出家，你简直就是暴殄天物。

我咒她一天丢五次钱包，“叫你回回都戳我痛处！”

是的，人生难免遇到跌停板。

婚姻也不是 T+0，既然不能清仓走人，唯有闭目继续站岗。

我可以说服自己，也可以睡服自己。

可是，我却依然无法看到自己。

我只知道，争吵已经让我们筋疲力竭，现在的我们只是在客栈里修生养息。

可是谁又知道下一次飓风会什么时候来袭？

反复、反复、再反复……

难道这就是我后半辈子的家？

不，我的家应该是一个避暑山庄，可是我现在看到的却还是一个中邪胜地。

如果这就是我后半辈子的婚姻！

如果我们的婚姻就是要将翻脸进行到底！

如果我们的婚姻就是拿什么整死你，我的爱人！

那么！那么！那么！

亲爱的，我愿意落发为僧。

你呢？

是否愿意削发为尼？

2013 年 04 月 26 日

插播公益广告。

（友情提示：本广告纯属杜撰，如有雷同，实属倒霉，欢迎对号入座。）

吃什么的套路。

结婚第一年。

“亲爱的老公，晚餐想吃什么？我现在给你做去。”某主妇腰系围裙花枝招展。

“我想一想啊……”电脑桌前的老公满脸灿烂，陷入遐想。

七年后。

“亲爱的老公，早餐想吃什么？”

老公瞥她一眼，装死。

“午餐想吃什么？”

老公又瞥她一眼，再次装死。

“晚餐想吃什么？”

一天死三次，老公变包公。提着裤脚打着拍子，浓妆艳抹出场：“吃！吃！吃！我怎么知道吃什么！要不要每次吃饭你都让我点菜呀？要不要非得这么有情调呀！我这是在饭店还是家？！”

“你不说吃什么，我怎么知道做什么？”

……

球场一片混乱，画面转向看台，比赛暂时停止直播。

打电话的套路。

据有关部门调查统计，八成以上的老婆给老公打电话时，永远只有三句台词：

“喂，你在哪儿呢？”

“在干什么？”

“跟谁在一起？”

结婚前，这叫关心慰问。

那结婚后呢？

答：送牢饭！

做爱的套路。

夜。

或伸手不见五指，或光照如白昼。

结婚第一年。

夫："Go！ Go！ Go！"

妻："哦来哦来哦来！"

七年后。

"你上来！"

"哎呀，还是你上来吧。"

……

结束语：亲爱的，结婚后我们不仅要学会换位做爱，更要学会换位思考。

2013年04月27日

凌晨。

1949酒吧。

灰暗狭小的舞台上，一位黑衣女子，长发飘飘、黑衣飘飘、歌声飘飘：

无言独上西楼／月如钩／寂寞梧桐深院锁清秋……

是邓丽君的《独上西楼》。

以前和小琪在一起的时候，我们经常会来这一家酒吧坐坐。歌手是一个苏州姑娘，二十七八岁的模样，手指修长，素面朝天，声音轻软，不卑不亢，很是让人过目不忘。有一次我跟她闲聊，问她是不是每天晚上到了这个点儿都会唱这首歌。

“是的。”

“为什么？”

还没等她回答，旁边的小琪莞尔一笑，好似一阵风吹过：“为了分手。”

“今天晚上怎么就你自己一个人呀？那个漂亮女孩儿呢？”一曲唱罢，她下台休息时走过来跟我打招呼。

“来，一起喝一杯吧。”我伸手帮她要了一杯酒。

“我们分手了。”

“哦，很伤心？”她抿了一口酒，然后冲着头顶上方的射灯长长地吐了一个烟圈，饶有兴趣地看着烟雾弥漫。

“你现在有男朋友吗？”

“我？呵呵，为什么这么问？我觉得单身挺好的，有男朋友也挺好的，所以现在我正在考虑什么时候才能好上加好呢。”

“你觉得我这个人怎么样？”

“数面之缘，不甚了解。”

“我觉得你挺好的。”我端着酒杯笑。

“是吗？哪里好呀？”

“歌好，人好，身材也很好。”

“你醉了。”沉吟片刻，她微微地弯了弯嘴角。

“要不要我帮你叫出租车？”喝完杯子里的酒后，她起身把手指间的香烟摁灭在桌子上的烟灰缸里，又冲我歪头浅浅地笑道。

我摇摇头：“为什么每天晚上这个时候，你都要唱这首歌？”

“那个女孩说的对。”她停住脚步，声音飘渺似穿越千古：“为了分手。”

剪不断/理还乱/是离愁/别是一般滋味在心头……

2013 年 *04* 月 *28* 日

一场罕见的秋雨肆虐大地过后，天气一天比一天凉了。

还有三天就是我们的结婚七周年纪念日，张梅说想去五莲山光明寺烧香拜佛。

农民祈求庄稼丰收，渔民祈求风平浪静，码头工人毛巾搭肩、狼吞虎咽就是为了能多扛几个麻包——诸如我等凡夫俗子们总该有个盼头，才能让明天更精彩，要是连一个念想儿都没了，那活着还有个什么球劲。

可是酒肉穿肠过，佛祖心中留，只要心中有佛，形式并不重要，对吧？

为了说服张梅，我还给她讲了一个故事。

说有一次我带女儿去后山的驻龙山游玩，路过一个道院时，只见一位头戴紫冠、獐头鼠目的道士正在为两位女施主布坛施法，好奇之下我禁不住斗胆竖着耳朵偷听了几句，原来是一位女施主偷情后欲念难断的破事儿，我连忙掩面遁去，心想罪过罪过，佛门净地窥视他人隐私，实在是大不敬。

后来我在院子里的石桌前坐着休息，没多会儿两位俨然已经圆满的女施主并肩走了出来，这时候道士忽然疾步小跑着从后面追了上来，道袍翻飞、声若洪钟，字字如雷贯耳："哎我说，两位女施主，方便留个电话吗？QQ 号码也行啊！"

得手后，道士又转身招呼我，"哎我说，这位男施主，赏个光进来聊聊？"

我赶紧抱拳谢过，拉着女儿走出院子后笑得前仰后合、满山起灰，心想哎我说，你奶奶个腿儿的，真是世风日下、鬼影绰绰，不知道太上老君看到门下弟子堕入凡间后会不会气得踢翻炼丹炉、自缢蟠桃园。

还是他老人家早已经看醉了尘世烟火，正磨刀霍霍向青牛，生火起锅百度上了牛肉汤？

“呸！呸！呸！”

听完故事，张梅冷着脸问我什么意思，“你心不诚，是不是故意的呀？”

“第一，我不是故意的，我只是觉得没必要去，而且我也不想去；第二，如果你还想再质问下去，咱俩肯定又得吵架；第三，我想把这一条留给你说。条条大道通罗马，很多问题我们都可以和平协商解决。”我端坐法台，道骨仙风、谈经论道。

张梅冷哼一声，半晌后话锋一转，死死地盯着我：“这次我们没有离婚，你是不是很不甘心？”

“你知道你在说什么吗？”我面如寒霜。

“那你知道你在干什么吗？前几天你借口出差，其实只是为了去找她，对吗？”

我吃惊地看着张梅，突然暴怒，拂袖而去。

暴风雨过后的家园，我们总是寄望于勤能补拙，却永远缺乏一个郑板桥精神。

有些话，有些事，你知道是一回事儿，你说出来是一回事儿，你说出来结结实实地砸在脸上又是另外一回事儿。我多么希望张梅的第三条是软声细语，比如：我可以不去，我也不是非想要那个形式，我只是觉得可以留个纪念。

只可惜，又是不欢而散。

这意味着，张梅的心中也有一座大山。

不在沉默中死亡，就在沉默中爆发。

我们已别无他途。

千年修得共枕眠呢，站在阳台上，我大口地喘着粗气冷笑。

心想难怪现在佛祖的买卖一天不如一天——千年等一回，结果你给我送来了一个王八蛋；百年渡一舟，看看船上全是光着腿的负心汉。要么扯淡，要么跳船，要么闭上招子学会冬眠……

这就是施恩给我们的狗屁生活？

我不相信。

我更愿意相信千年妖精万年仙，我们才只是刚刚修完一瞬间。

真经，还在路上。

祷告吧。

阿弥陀佛。

2013 年 04 月 29 日

结婚纪念日。

本来，这是一个让我预谋已久的节日。

前几天的寺院拜佛搞得我们灰头土脸之后，这两天我一直琢磨着去哪里拜堂才能重新找回娶亲的感觉。

所以，下班接上女儿后，按照预定的计划，我给张梅打电话，说已经在酒店订好了位子，特别嘱咐她不要迟到。

XX 酒店依山面海、悠然静谧，曾被一群好事之徒戏评为“全市十大偷情胜地”之首。可想而知，消费自然贵得有些离谱，但是一分钱一分货，服务水准还真是没得挑。晚上七点钟的时候，餐厅上空准时响起了陈淑桦的《滚滚红尘》：

起初不经意的你 / 和少年不经事的我 / 红尘中的情缘 / 只因那生命匆匆不语的胶着 / 想是人世间的错 / 或前世流传的因果 / 终生的所有 / 也不惜换取刹那阴阳的交流 / 来易来 / 去难去 / 数十载的人世游 / 分易分 / 聚难聚 / 爱与恨的千古愁……

这是张梅最喜欢的一首老歌。

大二下学期那年，为了淘到 CD，该人充分发扬了完全不顾他人死活的精神，押着我在学校附近的山师东路上整整扫荡了一个下午，最后要不是得偿所愿，估计能把我押到台湾去继续劳动改造。

可惜，此时我却只能冲站在不远处的大堂经理摇头苦笑。

——女主角还没有来。

“要不等一会儿再播放一遍？”经理笑脸走过来跟我商量。

我正想摆手谢绝，这时候张梅从外面快步走了进来：“对不起，对不起呀，我迟到了。”

“妈妈你怎么才来呀！”女儿噘着小嘴替我抗议。

“妈妈去给爸爸买礼物了嘛！”说完后，张梅从带来的纸袋里拿出一个黑色手包。

“我先看看！我先看看！”女儿迫不及待地抢过包，半天后又歪起小脑袋瓜子奇怪地问道，“妈妈，这个包你昨天不就已经买了吗？”

“对呀，嗯……妈妈觉得颜色不好看，又去重新换的嘛！”

我把菜单递给张梅，又假装不经意地瞥了她一眼。

音乐已经流走。

烛光晚餐可以开始了。

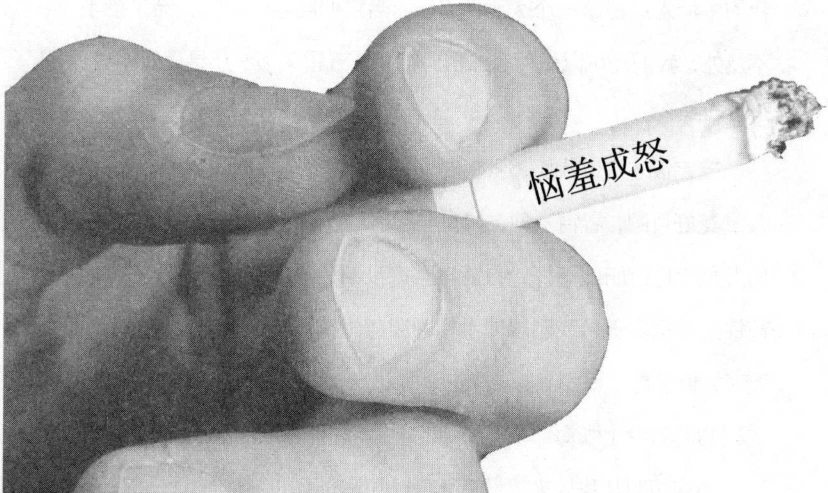
恼羞成怒

2013 年 05 月 02 日

生命是一列无常的火车。

那些意外、巧合，甚至冥冥注定等一系列不稳定的因素，让你我的生活永远都是一个大大的 X。而当它们席卷而至时，除了措手不及外，我们还可以做什么？目瞪口呆？五雷轰顶？还是哀号崩盘、一剑封喉？

吃完饭才刚过八点，张梅提议去咖啡厅坐坐，我双手赞成。

花好月圆，春宵一刻，只有一起荡起双桨才能推开厚重的波浪。何况今夜月色如此美好，看情形回家没准还能加餐一首奔放的歌才算锦上添花。于是我刚想伸手招呼服务生结账，这时候张梅的手机响了，似乎是条短信。

看着餐台上张梅那个浅灰色的手提包，我微微一怔。

事先声明，我从来都没有翻查过张梅的手机。

倒不是说这是我对她的一种纯粹的尊重和信任，其实更多的则是相信。

当然了，如果你非要说这是一种膨胀自我，我也不会反对。

“昨天妈妈给爸爸买的包是什么颜色？红色的？”沉思片刻，我侧过头问女儿。

“不是，好像也是黑色的呀！”

“哇哦，爸爸还以为是红色的呢。”

“我不喜欢红色，我喜欢粉红色的！”女儿嚷嚷道。

“妈妈怎么还没回来，快去洗手间看看，是不是掉马桶里去了？”

支走女儿后，我的心“砰砰”跳了几下。

不知道是不是我多心，刚才张梅解释迟到的原因时，无论是说话的语气还是眼神，总让我觉得她似乎想要隐藏什么。而且我相信大多数人都有一颗窥视之心，而是否去触摸那根底线，跟道德不会有超过五毛钱的关系，更多的则应该取决于机会的多寡。

果然是一条短信：亲爱的宝贝，过几天我想去找你。

“嗡”的一声，我的脑袋一片空白。

恰在此时，张梅和女儿已经牵着手从洗手间里走了出来。

此时此刻，我的老婆面如桃花、罗衣飘摇，正袅袅娜娜一步一步朝我微笑着走来。

我目不转睛地看着她，脑袋滚滚作响，眼前一片漆黑。

宝贝？

她是谁的宝贝？

又是谁会让她笑得如此情不自禁？

2013 年 05 月 13 日

上周的某个晚上，和 B 哥在夜市扎啤摊上畅饮。

邻座有一桌青年忽悠团，四男三女推杯换盏、天马行空。后来不知怎么他们聊到了夫妻感情上，这时其中一个始终活跃的卷发帅哥突然猩红着双眼站起来，手里的啤酒杯“哐哐”砸着桌面，啤酒飞溅、唾沫横飞，字字顶穿耳膜，“我老婆将来绝对不会背叛我！”

“为什么？”有好事者追问。

“没有为什么，就是不会！”

听完，我不禁哑然失笑。

真是见过自恋的，没见到这么自恋的，到底是年轻人呀！

不过转念再想想，不由得又是一阵苦笑，其实自己又何尝没有如此 2B 过？

事实上，眼前的卷发青年和当年的小吴同学如出一辙，总以为地球唯我独尊，女友唯我独享。就算全世界背叛了自己，我们的老婆依然也会死心塌地地陪伴在身旁。可是这么多年走下来，岁月的冲刷，人事的洗淘，今天的老吴时常会高歌路归路桥归桥，心底一片怅然凄清，失落得难描难绘。

是啊，新社会新国家，各人赚钱各人花。

是啊，同一个世界，同一个梦想，有便宜不占谁都知道是王八蛋。

是啊，天苍苍夜茫茫，风吹草低见牛郎。草越啃越光，狼越来越狂，狼多肉少泪眼相望，大家的明显已经不够用了，你家的又不是什么圣母额娘，为什么就不能拿出来转发分享一下？

没错！

这就是现在的我。

一个矜持的骗子！

一个彻头彻尾的生活怀疑分子！

当年校园里那个为了一个姑娘，可以三天三夜不睡觉而折叠一千只千纸鹤的小吴，现在不仅一天比一天的苍老，更是一天比一天的无耻，一天比一天的阴森。现在我不相信谁可以为谁终老，不相信所有的眼泪都是由感而发；每一对暴晒恩爱的夫妻都会是我暗自嘲讽的对象，每一个风情万种的女人都会让我画上一个固定的符号。

我认为，任何人和事情都经不起时间的推敲。

除了自己，什么都可能是假的。

一夜未眠。

挖地三尺，抽丝剥茧。

我翻来覆去地梳理着张梅。

最近一段时间她的一举一动，发过的呆、走过的路，全部在脑海里捏了几遍，不知道是我太大意还是她太小心，总之并没有发现什么可疑的地方，但是这并不代表就没有发生什么——你看，我该有多希望发生点什么！

突然明白，杀人并不可怕，可怕的只是人心，是每个人心中的那把单刃尖刀。

短信号码是一个陌生的手机号码，而且从说话的语气上判断应该是外地。所以吃完饭去喝咖啡的时候，我偷偷地查了一下号码的归属地，恰恰是前一段时间张梅声称陪叶子去散心的青岛。

思路越来越清晰，心却莫名地疼了起来。

很简单。

如果是当年的小吴，在餐厅的时候我想他一定会拿着手机毫不犹豫地冲上去质问张梅，可是今天的老吴就像一个地道的猥琐蟊贼，趁着张梅和女儿说话的间隙，匆匆删除短信后又把手机塞回她的包里。

还可以谈笑风生地陪着一起喝咖啡。

成长有多荒诞，世界就有多奇妙。

我看见我的心正一寸一寸地开始变冷、发硬，在茫茫夜色里滴水成冰。

我决定按兵不动。

张梅说的没错，再狡猾的狐狸也逃不过猎人的眼睛。

但是，还有一句话她好像忘了说。

那就是每一个猎人还有一把已上好膛的猎枪。

2013年05月31日

晚上，请叶子和叶绅士吃饭。

请客是我的主意。

亲戚靠走，朋友靠酒，礼尚往来才是你我生存之真义。

再说，我和张梅对叶绅士的印象也不错。

那家伙比我小两岁，金边眼镜、文质彬彬，谈吐间相当有料。上次吃完饭在回家的路上，我给他起了个外号叫叶绅士，张梅问我为什么，我哈哈大笑，说："我偷偷在心里掐过表，这家伙每六秒钟至少会微笑一次。"

张梅听完，抱肩侧过头来，不咸不淡地看着我，说："我觉得他挺好的，一看就知道是那种会疼人的男人。"

惶恐之下，我立即毫不犹豫地闭嘴。

其实我倒是很想追踪采访一下张大师，这个"会疼人"到底是怎么看出来的？是他的脸上发着光？还是你的眼里盖着章？可是念及大师的相面功夫已经到了令人发指的地步，盘算半天还是把紧方向盘才更有安全感。

我不能、不敢去争辩。

无须、也完全没有必要去争辩。

如果你心底里打算要去喜欢一个人，就算他是刺猬，你也会紧紧地搂在怀里。

如果你心底里已经厌倦了一个人，就算是浑身喷满香水也是臭不可闻。

从道理上说，这叫一叶障目、刚愎自用。

从法理上讲，这叫“有罪推定”。

每一个人都是能处我们以极刑的法官，我们也都是每一个人的刽子手。

现在换作我，亦然。

既然已认定了张梅出轨，那么就要挖空心思地去寻找证据。

可惜这几天我按兵不动，张梅也同样纹丝不动。手机正常、五官正常、鼻息亦正常。甚至说一句毫不夸张的话，一连三天我从来都没有舍得让她离开我的视线五米开外，这是什么精神?

秒杀!

快、准、狠!

稍有异常，一刀拿下!

“也许是你想多了，出轨的女人容易魂不守舍，她有吗？” Judy 开导我。

“没有。”

“出轨的女人因为内疚，会对老公无原则的好，她有吗？”

“这个真没有。”我笑。

“这不就完了吗？不发呆、不内疚，一场误会一场梦！”

这就完了吗？

我暗自苦笑，要知道我给那个陌生号码打过电话。

刺探到的情报显示：浑厚的中年男声音。

更何况，要想找到张梅出轨的证据，并不困难。

——只要确定张梅是否撒谎就可以。

换句话说，只要确定她没有和叶子一起去青岛散心就足够了。

原因很简单：每一个谎言的背后，通常需要一百个谎言来遮羞。

一个破，百个穿。

漏洞百出就是这么来的。

相信我，那张多米诺骨牌瞬间就可以把你我打成一张筛子。

2013 年 06 月 01 日

跟叶子晚饭前的谈话记录。

“我怀疑张梅外面有人了。”我开门见山。

“老吴，她可是你老婆，有些话没有证据是不能乱说的哦！”叶子皱眉。

“对呀，所以我现在也很矛盾，一直都没有敢去盘问她。但是不问吧，心里又憋屈，想来想去只好来拜托你了，希望你能看在我们这么多年的份上，不说大义灭亲吧，但是也不要对我撒谎，行吗？”

“那你问吧。”

“上次你和她一起去的青岛？”

“是呀！”

“其实你没去，对吗？”

“我当然去了！别忘了我才是主角呀！本来是没打算让张梅陪我，可后来她老担心我想不开，然后正好你唱的那一出戏也搞得她心烦意乱！”

“那你们走的高速还是国道？”

“肯定是高速啦！”

“你开的车？”

“对呀！你老婆什么手艺你又不是不知道。”

“几点到的？”

“哎我说老吴，你到底什么意思呀？你不相信我呀？”

“不是不相信你，主要是这件事情对我来说太重要了，关系到我下半辈子的幸福，所以我必须得谨慎，得罪之处还请海涵。”

“其实这样的话，你还是去问她吧，我觉得你们俩应该好好谈谈，把误会解释一下。”

“你觉得这种事情我们能谈吗？用不了三句话保证干架！”

“那你为什么怀疑她出轨？有证据吗？”

“目前还没有，我就是觉得她从青岛回来后跟以前不一样了，成天魂不守舍的，昨天晚上还说过梦话。”

“什么梦话？”

“你还没回答我呢，你们大概几点到的青岛？”

“十一点吧，没敢开快车，中途还在服务区休息了半个多小时呢。”

“……”我做沉思状。

“哎老吴，让我说你就别瞎想了，你老婆那么爱你，怎么可能出轨呢！”

“但愿是我多想了吧，反正总觉得不太对劲。”我半信半疑地点点头。

“哦对了，你可不能把咱俩的谈话跟她说，要不然我就死定了。”

“呵呵，看你今天晚上的表现喽！”叶子玩笑道。

我吓得正要磕头作揖，这时张梅和叶绅士已经从楼下点完菜回来了。

我连忙正襟危坐、笑脸相迎，这世界，我来了……

开饭！

2013 年 06 月 06 日

我一直认为，张梅是一个不善于撒谎的人。

翻开我们这十几年的篇章，每次遇到必须撒谎才能度过难关的事情，她都会逼我为虎作伥。盛情难却之下，我也是精益求精、硕果累累：上学的时候，帮她坑过她的辅导员；毕业后打工的日子，坑过她单位领导；至于她爹妈，那更别提了，每次都是让我坑得眉开眼笑、欢喜连连。

吃完饭从饭店里出来，跟叶子告别后，我无比深情地跟张梅笑了笑，该唱戏了。

所谓打草惊蛇，既然草已经过脚，那么再愚蠢的蛇也该动了吧？

“怎么了？”她问我。

“没什么，我觉得你有什么话想跟我说呢。”我漫不经心地发动起汽车。

“没有呀。”

“真的没有？”

“你什么意思呀？”

“那我想跟你谈谈。”我把汽车熄火，用力提起手刹。

“谈什么？”张梅面色开始发紧。

“谈谈你的青岛两日游呀。”我直视着她，轻佻地笑道。

“你怎么了？”

“没怎么，我就想知道上次你是不是和叶子去的青岛。”

“是，怎么了？”

“你们走的国道？”

“高速。”

“你开的车？”

“你有没有搞错呀？我是你的老婆，不是你的犯人！”

“干吗这么激动，没做亏心事儿不怕鬼敲门，你们谁开的车？”

“她开的！”

“那你们几点到的青岛？”

“你到底想干什么？”

“我怀疑你撒谎！”我开始将军。

“切，我撒谎？你什么意思呀！我干吗撒谎呀！我们十一点到的，怎么了？”

“没怎么！”我心如死灰。

“接下来，你是不是还应该告诉我，你们两个人是八点多钟上的高速，一路上叶子都没有开快车，然后你们中途还在服务区里休息了半小时，对吧？你和叶子早就处心积虑地要对付我了，是吧？”

“你什么意思？”

“你知道我是什么意思！”

“无聊！神经病！”张梅扭头要下车。

“你给我站住！我最后再问你一次，你想好了再回答我，你是和叶子一起去的吗？”

“……”张梅陷入不语。

“是，还是不是？”

“是！就是一起去的，怎么了！”张梅转过身朝我吼道。

“在这个世界上，谁都可以骗我，就是你不行！”我凄惨地笑。

“把你的手机给我。”我又说。

“为什么？”

“现在我要检查你的手机！”

“个人隐私！手机是我的私人用品，你没权利检查！”

“你现在要跟我讲个人隐私？”

“你到底想干什么？这日子你要是不想好好过，我们就离！”

“我们把话说清楚了，就算是离婚，咱们也要离得明明白白！”

“你到底怎么了呀？”

“你去青岛见的那个人是谁？”我咬牙切齿。

“你疯了？我能去见谁呀！”

“你是不是一直都以为我很蠢？用你那聪明的脑袋想想，要是没有证据我能这么问你吗？”

“你有什么证据？”

我拿出自己的手机，拨上那个短信号码，“你确定现在要打给他吗？”

“……”

“这个号码你不会不熟悉吧，啊？宝贝？”

“……”

“最后一次机会！这个人到底是谁？你们什么关系？已经发展到了什么关系？”

“是！我是一个人去的青岛！这个人是我的网友！满意了吗？”

“……”

“我就是要报复你！就是要让你尝尝背叛的滋味！就是要看着你痛苦！”

“啪”的一声，我反手狠狠地甩了张梅一巴掌。

“滚！你给我滚！”

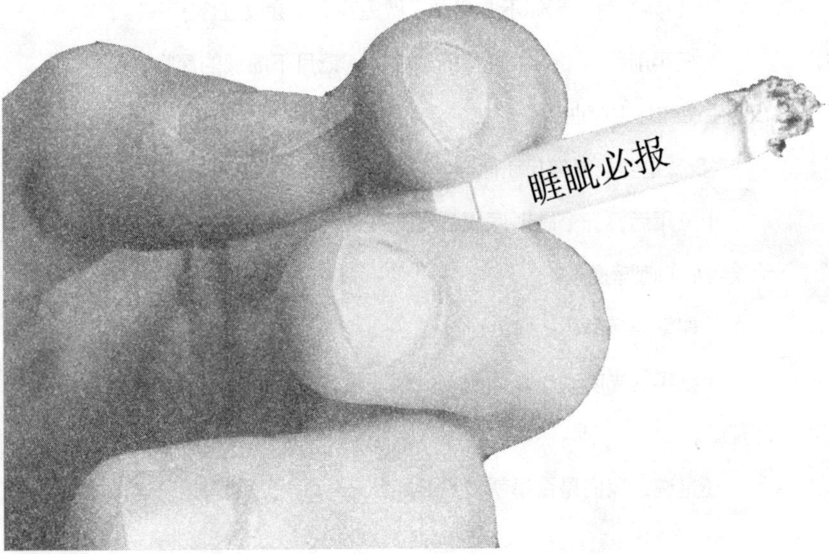
睚眦必报

2013 年 06 月 23 日

两清了。

夫妻本是同林鸟，大难临头各自飞。

“哼！如果有一天你不要我了，做鬼我也不会放过你……”

十三年前，一个温柔娇蛮的姑娘，一记月下绵长的深吻，那是我们生命的狂想序曲。

“我就是要报复你！让你尝尝什么叫痛苦！”

十三年后，一个歇斯底里的女人，一记暴怒响亮的耳光，这是涂炭我们的咆哮挽歌。

从期望到绝望，从抱负到报复。

十三年的光阴，一路蹒跚，一路挥霍，原来我们的婚姻已经如此荒诞。

还是说，我们是否早就该需要如此一记耳光，因为只有这样才能看清那血淋淋的真相？

亦还是说，我们用十三年证明了婚姻不过是爱情产下的一个无耻之徒？

残月泣血，黄沙迷眼，我仰天长笑。

这么多年来，我一直都在苦苦寻找枯竭干涸我们的死穴。

是平淡？

是迷茫？

是我们把对方看得太轻？

是我们把对方看得太重？

还是从来我们都只是把自己当作了这个故事里面唯一的主角？

羞愤、屈辱、哀号、锥心之痛……

请原谅我用如此粗俗的语言来形容此时此刻。

请原谅，此时此刻我不能泪流满面。

张梅说的对，她爱我，爱到极致。

以前我不信，现在我信了。

她选择了她自己的方式，让我看到爱情。

它来过，它死去。

来时浩浩荡荡，死无葬身之地。

时光被它戛然一声断裂，云烟往事一笔勾销。

从此，我们互不相欠。

凌晨两点，迪吧。

“有烟吗？给我来一根！”包间内，小乔鬼鬼祟祟从化妆盒里取出一个小纸包。

“什么？”

“嘻嘻，别急，等一会儿你就知道了。”她神秘地笑笑，然后十指飞快地剥离出香烟里面的烟丝，跟小纸包里的细碎烟叶混杂后又熟练地卷出了一根烟卷儿。

“来！来一口！保证能让你飞起来！”

我接过烟卷儿，猛吸一口，一阵晕眩，剧烈的咳嗽过后感觉肺要炸开一般。

“不对，别吐出来！你看，就像我这样。”小乔轻嘬一口后，懒洋洋地斜躺在沙发里，眼睛微微睁开着，脸上渐渐浮现出一副奇怪的笑容，在昏黄的灯光下若隐若现，有那么一瞬间我以为她会死去。

“走，我们再去 high 一下！”大概十几分钟后，重新返回人间的小乔拉起我的手，兴奋地冲向台下的舞池。

狂躁的音乐，肆意的尖叫。

外面的世界已经安歇，这里才刚刚醒来。

舞池里的滚滚热浪挟裹着蛆虫一样蠕动的肉体，每个人的脸上都揣着一层不可琢磨的光芒，男人们挥舞着欲望之手，女人们摇摆着危险的屁股。我对面的女人眼波流转、纤腰袅袅，热浪一阵阵涌了上来，“飞起来！带我飞起来！”

我仰起头来，一把把尖叫着的小乔拖了过来，双手环腰紧紧地搂在怀里，只听见分不清到底是她还是我身上的骨骼“咯咯”作响，一个声音一次又一次在耳边泪流满面，“爱情！爱情！”

“我去他妈的爱情！”

2013 年 07 月 01 日

不知是大麻还是酒精的作用，次日清晨醒来，我肝胃火燎、头痛欲裂。

空荡荡的酒店房间里悄无声息，窗子半开着，乳白色的窗帘随风来回飘荡，就好像有人刚刚跳了下去。电视机里正在播放一档肥皂娱乐节目，只是不知道什么时候被静音。我赤身裸体地躺在床上，努力回忆搜索着昨天晚上的痕迹，一片空白。

床头柜上有一张便笺：吴哥，我有事儿先走一步。

手机里有一条张梅的短信：离婚协议书我已经签字，什么时候办手续？

我把便笺揉成纸团，无声地咧了咧嘴角。

“别急，我还没跟‘他’谈谈呢！”最后还是控制不住地纵声大笑起来。

——终于还是俗了。

红尘最可笑，痴情最无聊。

看过太多出轨带来的悲惨世界，有人泼硫酸，有人搭上命，那时候我不懂装懂，甚至多少还觉得有点儿不可理喻的味道，买卖不成仁义在嘛，不爱就不爱了呗，天涯何处无芳草？

放她去！

现在才明白，硫酸有多烈，心里就会有多苦。

你问我爱你有多深，硫酸代表我的心。

我无法原谅张梅。

本以为面对她的报复，自己可以潇洒转身，可结果还是华丽撞墙。

是不甘就此失败？是不堪如此羞辱？

还是无法接受我们用了十三年的时间，到头来只是做了一笔肮脏的交易？

我拨通了花花大少的电话。

时日无多，速战速决。

这件事情要想做得干净漂亮，还要拜托花花大少。他有一个同学吃道上的饭，去年夏天我们还一起坐了坐，据其介绍业务范围无所无包，凡是国家队管不了的都归他负责，一个电话就能叫来两卡车东北小哥，一只耳朵两万五，一条大腿八万，半条命的价钱也不过是一个“毛毛雨啦”！

明码标价，童叟无欺。

没错，我发誓要找到张梅的那个网友。

杀父之仇，夺妻之恨，均为不共戴天。我要知道他住在哪儿，我要知道他在哪儿上班，我要知道他和张梅是从什么时候开始的，发展到了什么地步，我尤其好奇这究竟是何方妖怪才会让张梅不惜千里迢迢送货上门？

当然，我更应该让他知道，每个人都会为自己的愚蠢买单。

任何伤害过我的人，都必须付出代价！

至于张梅，退完房后，站在电梯里，看着不锈钢墙壁折射出模糊不清的脸。

“那我们就应该冷静冷静，好好地想一想应该怎么把下半辈子的路走完。”

想起她临去青岛前的泪眼婆娑，我一拳狠狠地砸在电梯墙壁上，钻心的痛楚阵阵弥漫头顶。

阳光刺眼，街头喧嚣。

从酒店里出来，伫立在车水马龙的街头，我轻佻地吐着烟圈，没有买卖，就没有伤害。

这一个我曾经最信赖的女人，已经一文不名。

2013 年 07 月 11 日

以前无聊的时候，我总喜欢缠着别人讲自己的不堪往事。

倒不是有偷窥的癖好，只是觉得每个人都会有一段需要吐槽的人生。

燃烧自己，擦亮世界，抚摸你我。

后来拗我不过，河马子只好跟我讲起她的初恋。

一个阳光帅气的男孩，一段青涩甜蜜的校园时光，最后以男孩喜欢上了别的姑娘为剧终。

剧情酸涩老套，但是在河马子的世界里，她说那个男孩影响了她一生的感情基调，从此以后她没有安全感，害怕被抛弃，很有点弗洛伊德的潜意识，“就在昨天晚上，我还在梦中追醒、哭醒……”

我笑河马子太脆弱、太痴情。

但很快错愕地发现，原来故事的泪点并不在这里，而是与初恋的再次相逢。

光阴荏苒，十几年后他们在续集中再次热络。

当然，剧情也再一次俗套：聚会，热聊……

“你们上床了吗？”我迫不及待地打断她。

“恐怕要让你失望了。”河马子揶揄我，接着苦笑道，“当然更失望的人应该是我，因为我被他赤裸露骨的挑逗短信给惊呆了。你知道吗？他一直都是我的一个梦，虽然这十几年来我不说我不问我不去寻找，但是感觉他一直都站在那里盛着我的爱。可是现在他的下三路分解一下就把我的梦给掏空了，哦不对，准确地说应该是被掠夺。现在你能理解为什么我会在梦中哭醒了吧？”

“你恨他吗？”

“曾经恨过，但是现在不恨了。只是为自己感到悲哀，更应该向自己的青春致哀。”

同病相怜，我欲哭无泪。

原以为他是崖畔上的一朵花，没想到竟是人海中的一粒渣。

十三年的唇齿相依，张梅给我的难道不也是同样一个梦吗？

“你为什么要这样对我？”

“都是你逼我的！”

“那你告诉我，你爱他吗？”

“事到如今再说这些有什么意思？”

“我就是想死一个明白，在这么短的时间里，一个网友怎么会如此吸引你？”

“这种问题我也曾经问过你！”张梅反唇相讥。

“我求求你告诉我，他到底对你施展了什么魔法！”

“他幽默！他让我欢心！他让我有存在感！可是你呢？在外面除了应酬就是应酬，除了花心还是花心，回到家除了电脑就是电脑，除了沉默还是沉默！我不是你的老婆，电脑才是！”

“所以你就他妈的这样对我？报复我！”

……

这就是现在的我和张梅。

每天一清二白，除了相互挖苦，就是相互攻击。

犹如两只善斗的困兽，被骗掉后我们暗无天日，唯有撕咬为乐。

我沉溺于这种相互撕咬的快感。

哪怕只有一秒间。

2013 年 07 月 12 日

“离婚吧，我不想再吵了！财产我可以一分不要，我只要女儿。”张梅去意坚决。

“你什么都拿不走！”我耸肩狂笑，声震屋瓦。

“更别想从我这里拿走一分钱！”

“那我们就只能法院见了。”张梅冷笑。

“随时奉陪！另外还有一件事我有必要提醒你，离婚之前我要先找到你的那个网友，我要看看他到底有多爱你！”

“你不用再浪费时间了，我们就是普通网友。”

“我知道，两天两夜的普通网友嘛！”

“够了！你还能再无聊一点儿吗？”

“能！”

说完后，我咬牙切齿地攥起梳妆台上的香水瓶子，一拳把梳妆镜捣个粉碎。

血，慢慢顺着我的指尖，一滴一滴地滴落到地上的玻璃碎片上。

灿若桃花，晶莹剔透。

“你疯啦！”张梅手忙脚乱地翻腾着医药箱，拿着创可贴疾步走了过来。

我厌恶地一把推开她，收起你的假慈悲！

“你到底想怎么样呀！”

“我要让你亲眼看着你的网友，让他亲口告诉你，他有多爱你！”我一字一句。

我无比的惶恐。

河马子说她心如死灰，“曾经的隽永，碎到稀里哗啦。”

我亦是万念俱灭，地上的每一片玻璃碎片，都是我的血肉模糊。

这么多年来，我一直以为已经读懂了张梅。

她慵懒但是勤劳，她躁怒但是善良，她跟我寸土必争但是内心温柔无比，可现在才知道她的五脏六腑原来竟如此尖锐。面对我的背叛，她选择报复；为了一个认识不到二十天的网友，她选择千里迢迢；尤其是那个所谓的“存在感”……

幼稚之极！

荒诞之极！

浅薄之极！

我无比的自卑。

就像一个被遗弃了的孩子，眼睁睁地看着张梅弃我而去，渐行渐远。她今年三十二岁，我以为她早已经进化完毕，可惜我枉活了这么多年，不是因为看错了人，只是恨自己为什么从来都没有真正进入这个枕边人的内心。

所有对她的幻想，原来都是南柯一梦，都是自作多情，

作为一个老公，很失败。

作为一个男人，是完败。

河马子说，她应该向她的青春致哀。

那么，我又该找谁讨回公道？

别了，我的十三年；别了，那一场绚烂旖旎的梦。

当然，我还是忍不住地冷笑起来，既然只是十三年友情客串，那么临别之前，作为对张梅的回报，我决定免费告诉她：什么是存在感？

什么是网友？

求勾搭！求包养！求滋润！求合体！

最后再清仓促销一次：你见过哪个傻B说求负责？

没有！

因为那个傻B就是我！

2013年07月18日

傍晚，父母家。

“我爸呢？”敲开房门，我倚在门框上傻笑。

“哎呀，你这是怎么了？干吗喝这么多酒？”老太太大呼小叫道。

“高兴呗，我爸呢？”

“可能去你隔壁三叔家下棋去了吧，你找他有事儿？”

“没事儿。”我摸起茶几上果盘里的苹果，“喀嚓”啃了一口。

“没事儿就好！现在我跟你爸呀，就怕你不让人省心。那你先坐着，这个点儿估计你爸也该回来了，我先烧壶水给你爷俩泡茶去。”

说完后，老太太手脚麻利地拿起老爷子最喜欢的茉莉花茶去了厨房。

“妈，你这都给我爸泡一辈子茶了，不烦呀？”

“去去去，你爸在外面忙活了一天，回来一看连杯热水都没有，那还要我这个老婆子干什么用？”

“那他下棋还有功了？”我尾随老太太来到厨房，继续翻白眼。

“唉，两口子过日子，又不是奥运会拿金牌，算计那么多小分儿干什么？”

醍醐灌顶。

看着忙里忙外的老太太，我的泪水开始朝外涌。

“你和张梅最近怎么样？”

“挺好的。”

“瞎说，你闺女说你俩又吵架啦！”

“没有，就是偶尔会拌几句嘴。”

“你说我就不明白了，你们成天有什么好吵的？照我看呀，还是你的责任大！以后你的坏脾气也该改改了，别那么冲。你看张梅跟了你这么多年，虽然她爱跟你斗嘴，可心眼儿不坏，对你也是死心塌地的……”

“是呀，全世界都知道她对我好！”我打断自嘲。

“你知道就好！再说闺女都大了，你们……”

害怕在母亲的唠叨中轰然倒塌，我落荒而逃。

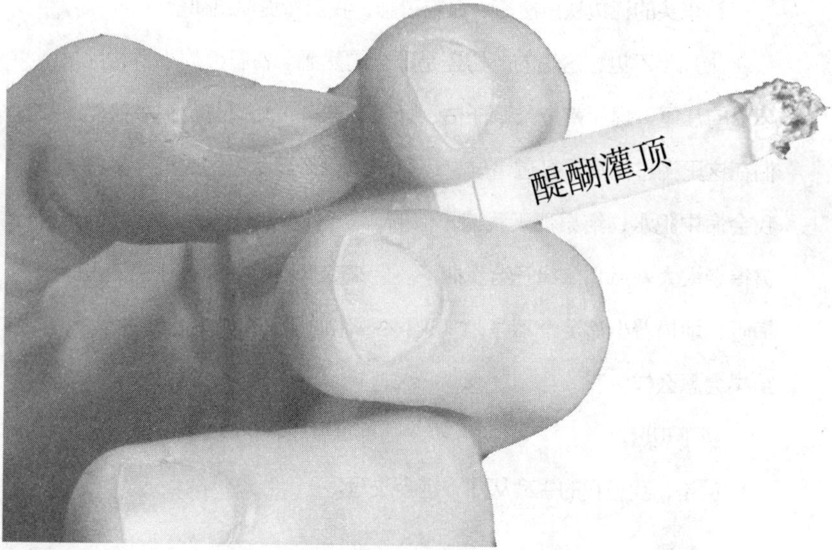
醍醐灌顶

2013年07月19日

又喝多了。

天上的星星在飞，水中的月亮在跳。

村东头的江边秋意凄凉、孤寂萧瑟，我沿着堤坝踽踽前行。

十几年不见，这里的一切还是那么的熟悉。青石板的小桥，月牙形的江尾，堤岸南坡杂草渐枯、野花凋零……儿提时我跟小伙伴们在这里掏过鸟窝，打过雪仗，还有一年夏天算命先生说某月某日我会命中犯水，结果那天我偏不信邪，光着屁股蛋子非要去游泳，害得老太太差点儿拿绳子给我捆了。后来热恋时我把这事儿说给张梅听，她捂着小嘴笑个不停，“嘻嘻……你说那天你如果要是去了，结果会怎么样？”

我不知道。

但是，我想我的生命从此一定会改写。

——要么算命先生是对的，要么我是对的。

可惜，这辈子我再也没有机会知道这个答案。

错过，即是永恒。

这可能就是人生最大的不堪吧。站在舞台中央，我们每天都在卖力地做着一名导演，每天又都是一名忠实的观众，眼睁睁地看着自己消费掉一个个自己，眼睁睁地看着一个又一个的场景一去不复返……

站在时光的尾巴上，这一生我们再也回不到起点。

我又开了一听啤酒，席地而坐，放浪高歌。

歌词铿锵，曲调悠扬，此时我是尘世间最胆小羸弱的无赖。

我仰望着星空喃喃自语，我傻笑着夜色指指点点。恍惚间，我仿佛又看到了田间的那一个追风少年。他的眼，他的眉，他在堤坝上唱歌，他在江水里嬉戏，他在阳光下的河滩上赤脚奔跑……

那是我吗？

眼前一片模糊。

又一听啤酒下肚，我开始不停地呕吐。

我冲着那个追风少年不停地招手，那个时候他可曾想过，很多年后的一天会有一个中年大叔来沿着他的足迹行走，双腿酸涩、步履维艰？那个时候他可曾想过，今天晚上会坐在这里祭祀他的童年？那个时候他可曾想过，是否应该信算命先生一次，只为了省略自己这操蛋的半生？

再也无法控制自己的感情，我抱头蜷缩在江边，痛哭失声。

“别哭，傻孩子，妈妈跟你闹着玩呢……”忽然，耳畔传来母亲的呼唤。

“猪头！你就是猪头哦……”我又听见一串串银铃般的笑声。

“傻孩子，跟妈妈回家……”

“我就是要报复你！让你知道背叛的滋味……”

我顿时打了一个激灵，一下抬起头来，夜色苍茫，万物无光，只有身边几个空空的啤酒易拉罐，正沿着堤岸的青石板顺阶而下，在夜色中发出清脆又空旷的声响。

这时候，花花大少打来电话，说我要找的人已经找到，“人在金城宾馆呢，你看着办吧。”

2013 年 *07* 月 *26* 日

如果你爱她，请跟她结婚，因为那里是天堂。

如果你恨她，也请跟她结婚，因为那里是地狱。

电视剧《北京人在纽约》说过，爱恨之间一线牵，你对她有多爱，就会对她有多恨。

我是如此地痴迷这种世界，纯粹而又简单。

不是黑就是白，不是爱就是恨。

我以为自己可以做到极致，可惜最后成就自己的却是极端。

我想，这可能也是我一直以来恐惧平淡的原因。

“离婚后，你们还可以做朋友。”前几日，Judy 劝导我。

我苦笑不语，“散买卖不散交情”，当初说这句话的时候，总以为易如反掌。直到身临其境才知道它有多华而不实。因为说这种话的人，要么就是从来都没有真正地爱过，要么就是从来都没有真正地恨过。

朋友可以发展成爱人，这叫日久生情。

从爱人再蜕变到朋友，这算什么？选择性失忆？还是假装只是空欢喜了一场？

——失去了记忆，交往就没有了灵魂。

没有了灵魂，朋友还有什么存在的意义？

从金城宾馆回到家，已经凌晨三点。

我蹑手蹑脚地打开床头灯，此时的张梅正睡得香甜。匀称的鼾息、长长的睫毛、微微上扬的嘴角，似乎正在做着一个甜蜜浪漫的美梦……在橘黄色的灯光下，我坐在床前久久地凝视着她，此时此刻她多像一个恬静纯洁的孩子呀！

眼泪开始止不住地朝外滚。

十三年的蹉跎，这是一张熟悉得不能再熟悉的脸。

她已经不再年轻，她已经燃尽芳华。

她是为我而来，亦是为我而渡。

浪漫、恩爱、争吵、撕咬……

那些已经逝去的画面，如斑驳的电影片段一般在眼前不断回放。

这么多年，我爱过她，我恨过她；我打过她，我骂过她。

可是，她自始至终都住在我的心里面，那一块最柔软的地方。

可惜，我却从来都没有亲口告诉过她。

可惜，我也从来都没有问过她到底是知道还是不知道。

是背叛，让我们沦落到如此田地?

还是每一个人的自我，才让我们输得如此彻底?

该醒了。

我们已经在平行线上放任了太久，各自坚固自己的城池，各自吮吸自己的伤口，各自知道那明明是一条不归路。

人到中年，好日子才刚刚开始，一切还来得及。

“猪头，你爱我吗？”

“猪头，你喜欢男孩还是女孩？”

“无论贫穷还是富有，疾病还是健康，相爱相敬，不离不弃……”

我俯下身，轻轻地吻着张梅的额头。

泪流满面。

2013 年 08 月 20 日

18 路公交车，公交循环线。

从大学城到汽车站，不记得已经坐了多长时间，也不记得究竟坐了多少个来回，就像在聆听一首反复的老歌，我贪婪地看着一对大学生情侣手拉着手跳上车，看见他们旁若无人地坐在我前面的单排座位上。面对着空荡荡的车厢，我不禁哑然失笑，这么多的空座我不明白他们为什么还要抱叠在一起，是他们爱得本来就需要如此窒息，还是生怕大家不知道他们的爱情是如此叫座？

我看到，一位中年妇女拎着一个灰白手提袋上了车，只见她飞快地扫了一眼已略显拥挤的车厢，然后站在过道里抓住椅背的扶手静静地看着窗外，从窗外透过来的风吹拂起她那已经略显枯槁的发丝，我甚至清楚地看到了她眼角的鱼尾纹。我猜她至少三天没有洗过头发，她每天为什么要如此匆忙？她现在赶着要去上班，还是急着回家只为了做那一碗该死的紫菜蛋花汤？

我还看到一位戴着眼镜的中年男人，雪白的衬衣、考究的皮鞋，在至少五分钟的时间里，他侧着头盯着窗外一动没动，他此时又跳跃着一颗什么波段的心脏？他打扮得如此妖娆夺目是要赴一个百年之约，还是只是为了和我一样重新拾取自己斑驳的一生？

……

很多时候，我喜欢做一名观众。

喜欢站在街头看步履匆匆的人群，看每一张活生生的面孔。

我总是期望能从他们的脸上看到些许什么，我不断地猜测着每一个闯进眼前的陌生人，猜他是不是丢了钱包、猜他性生活是否和谐、猜他有没有外遇、猜他是不是正在赶着去离婚的路上……

我如此的粗鄙，又是如此的茫然。

我永远都猜不到答案，因为每一个人离我是那么的遥远。

我理解他们。

只有受过伤的人，才会把自己伪装得那么坚强。

也只有害怕受伤的人，才会永远拒人于千里之外。

当然，我又无比地讨厌他们，因为他们正是每一个我自己。

2013 年 09 月 10 日

张楚说，孤独的人是可耻的。

所以每到黄昏，校园里到处弥漫着荷尔蒙的味道。

大学城的文泽园里喧嚣异常，球场上的奔跑帅哥，开水房里的嬉笑学妹，男生三号楼的阳台上还有一个光膀子的青年，只见他正站在夕阳的余晖里，抱着一把吉他仰望着天空，撕心裂肺地咆哮着："不能哭喊已破碎，曾经的最美，独自一个人熟悉的街，别问你在想谁。不去追悔已粉碎，爱过的机会，真实已粉碎人事已非，还有什么最可贵……”

我目不转睛地看着他，鼻子微微一酸，感动得不能自持。

什么是曾经的最美？

什么又是我的最可贵？

思忖良久，我摇头苦笑，三十五年一晃而过，就这样一路踉跄，一路挥霍而来，百般索取千般计较万般强求，直到今天死到临头才发现，原来当初那个 2B 的我们才最纯粹。

“你在哪儿，回来我们谈谈吧。”坐在球场边的台阶上，突然收到张梅的短信。

“我在学校里，操场上还是有那么多的人。”

“我知道你已经找到了他，这件事情也该结束了，我会去法院起诉离婚，或者也可以和你协议离婚。“

“你还记得我们第一次约会吗？”

“……”

“那天晚上我们在校外贪玩，结果回去的时候女生宿舍已经关门。当时你很紧张，问我该怎么办。我也束手无策，只好说我们一边走一边想办法吧。结果那天晚上我们沿着学校的操场走了一圈一圈又一圈，一直走到东方鱼肚白。后来送你回宿舍的时候，你说你永远都忘不了今天晚上，我问你为什么，你还记得吗？”

“不要再说了，我求求你不要再说了！”

1997年的校园，荷尔蒙的分泌还异常唯美。

接吻属于大胆包天工种，安全套基本派不上用场，仅仅一个拉手就能让人欲仙欲死。

那天晚上我和张梅并肩而行，聊人生理想，聊同学八卦，甚至还聊到了变态的楼管大妈。我们沿着操场跑道，踩着满地的月光，随着行进的步伐，两个人的肩膀时不时地会碰到一起，每每此时我总是心跳骤然加速，满眼睛都是星光四射的火花。后来我终于鼓足狗胆，趁张梅不备，一把死死地拖过她的手，生怕她一甩手把我甩到宇宙之外。

那是我们这一辈子当中最深刻的一个夜晚，再无分号。

十指相扣，指指烫心。

那一夜细语，就好像在聆听我们一生的脚步。

那一夜脚步，宛如我们一生的绵绵细语。

“我永远都忘不了今天晚上，你知道为什么吗？”

“为什么？”

“因为我的腿快要断了，我发誓这一辈子再也不会陪另外一个男生走这么久的路了。”

“我也是。”看着张梅调皮地一蹦一跳地跑进宿舍，我听见自己的心剧烈地跳了两下。

一颗晶莹的眼泪滴落在手机屏幕上，我忍不住地拨起了张梅的电话。

张梅挂死，接着回了一条短信：不要再说了，我们还是离婚吧。

2013年09月25日

天，已经黑了。

夜幕低垂，华灯初上。

银座商城里人来人往、灯火通明，碧霞湖彩灯闪烁、波光泛影，湖中心的凉亭里有一对情侣正卿卿我我、沉醉不知归路，我的手机通讯录都快要翻烂了，执子之手，与子偕老，不知道我的黄昏之年还有谁会这么温柔地陪在我的身边？

“我觉得嫂子说的对，你们都到今天这一步了，还是离了吧。”陪着我抽完大半包烟后，Judy把手里的烟蒂用食指弹了出去，侧过头微笑着对我说。

“夫妻之间总会犯一些错误，不然怎么学会长大？”

“你们不一样！你们这是背叛懂吗？你们已经突破了夫妻生存的底线！其实我想你心里也明白，就算你和嫂子今天和好了，可是明天呢？那根锐利的刺已经种在了你们彼此的心里，抹不去的。弹簧你懂吗？压力越大反弹的作用力就越大，只要那根刺不拔出来，这辈子你们一定还会没完没了、变本加厉的。我说这些不是想打击你，我只是想告诉你对于这一点儿我毫不怀疑。而且我相信，嫂子也一定是这么担心的，她也害怕反反复复，不然她不会拒绝你的挽留。”

“也许只有这样才更让我们刻骨铭心呢。”我苦笑。

“我发现我真的是看不懂你，你说你前一段时间是那么疯狂地要去离婚，谁的意见都听不进去，全世界的人都觉得你疯了。现在可好，这才几天呀，你又如此执着地想去挽救弥补，你知道自己在干什么吗？”

“我一直以为她的出轨只是为了报复我，如果真的是那样，在我看来这才是夫妻生存的底线。”

“你的意思是说她没有报复你？金城宾馆到底发生了什么？”

“我给你讲一个故事吧。”

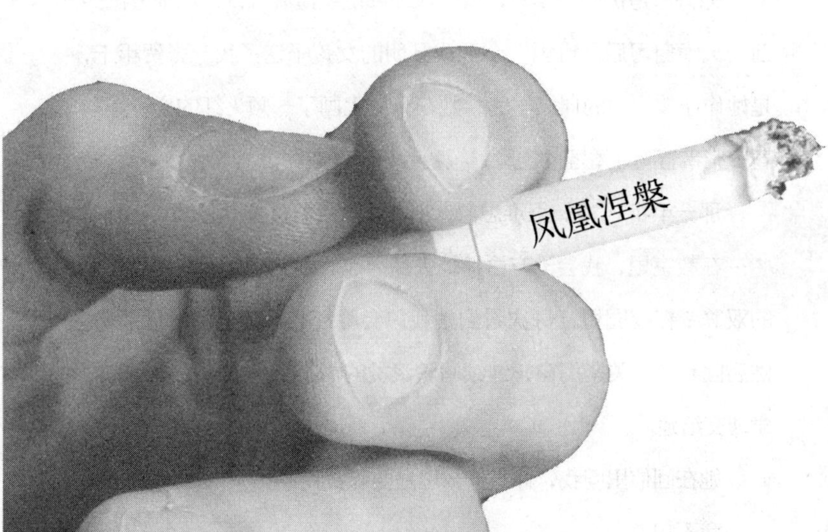
凤凰涅槃

2013 年 09 月 26 日

那是我的初恋。

记得那是初中一年级，有一次级部组织摸底考试，在临考试的前一天晚自习后，班里一个活泼开朗的女孩子送了我一张贺年卡，是她偷偷放到我的课桌里的，她在卡片上画了一颗火红的心，还画着一张带着腮红羞涩的笑脸，祝我考一个好成绩。

那一年我 14 岁，很难想象，那时候的我们有多青涩。

在教室里，我会千方百计地去捕捉她的眼神却又不敢去直视她的双眸；在校园里，每次看到她我总会脸红心跳绕道躲得远远的，然后回到家，关紧门窗，继续写着滚烫的情书，继续拜托要好的同学转交给她。

她在回信里问我，你为什么总是要躲着我？

我不知道。

那是我第一次感受到爱情的力量，如痴如醉。每天早晨一睁开眼就想看到她，晚上闭上眼睛满脑子也都是她，总之每一天都是这样无限地期待着，总感觉自己浑身有使不完的劲儿。我们从来没有牵过手，但是我们在情书里写过山盟，写过海誓，写过永不变心。

甚至是，那时候我想我都可以为她去死。

初中二年级以后，学校按照成绩的好坏开始分快慢实验班，尽管我和她分到了不同的班级，但这并没有阻止我对那份感情的神魂颠倒，后来我们毕业各分东西，再后来我去了外地读书，从此杳无音信。

新学校，新同学，新的女朋友，我的生活又揭开了新的一页。

直到有一天，我收到了一封热情洋溢的情书。

我不知道她从哪里辗转得到了我的通信地址，那时候我只想逃避。

她依然固我，每周一封情书，从不间断。

我只好坦白，我说对不起，我已经有了女朋友。

她很快回了信，没有抬头，没有落款。

里面只有一句话，力透纸背：你背叛了我们的誓言，你是一个混蛋！

……

你可以想象，从此以后我该有多害怕再见到她。

直到十五年以后，我们意外在一次饭局上邂逅。

——很简单，她当时的身份是我的一个哥们的情人。

——这是一种多戏剧性的见面方式。

“其实我当初不该骂你，你也没有对不起我，忘了它吧。”酒足饭饱，她跟我调侃往事。

“为什么这么说？我记得我说过海枯石烂，你说过永不变心。”我开玩笑。

“也许，那时候我们根本就不懂什么是爱情。”半天后，她微叹一口气。

那天我不知道她到底想要说什么，但是后来没过多久我也知道了事情的真相。

那是一次初中同学的小规模聚会，酒到酣处大家聊起当年的风花雪月，其中一个同学讲了一个故事，说有一次下了晚自习后，他半道返回教室去拿东西，突然发现教室后排有两个同学在接吻，他说那是他第一次看到这种镜头，当时觉得好恶心……在哄堂大笑中，我暗自盘算了一下时间，故事发生的时间大概正是我们刚刚分完快慢班的那几天，而故事的女主角就是当年骂我混蛋的初恋……

十五年愧疚，最后换来的是狠狠一记闷棍。

其实我并不怪她，得知真相的那一刻，我的心也只是微微缩了一下，就好像只是被采血针刺了指尖一般，因为我早已经品尝过那种辗转反侧的滋味。

在那十五年里，我无数次地想起她，无数次地难过愧疚，无数次地想得到她的谅解，虽然现在我已经得到了安慰，可这个结果依然让我难过不已。因为我看到的并不是那一个变心的女孩，也不是那个反咬一口、理直气壮的女孩。

在我的眼里，我只看到了一个惊慌失措的孩子。

我看到那个孩子的苦苦挣扎，看到那个孩子的游移焦虑。

我看到了那个孩子的祈祷，看到了那个孩子的虚弱，看到了那个孩子的忏悔。

我还看到了她在深夜里的抱怨，抱怨这该死的平淡流年。

我还看到了她在餐桌上的争吵，只为掩饰一个虚弱无助的自己。

我还看到了她在情欲里的诡辩，为自己的迷失寻找一切可恶的借口。

我还看到了她在十字路口的迷茫，站在街头就像一个无家可归的孩子。

我还看到了她在高速公路上的挣扎，却又无力攥紧那垂手可得的幸福。

我还看到了她在酒精里解脱，却怎么也走不出自己给自己画的那个圆圈。

我还看到了，她会突然从噩梦中惊醒，会躲在角落里忏悔哀号，会在摩肩接踵的街头泪流满面……

“我还是不太明白，初恋的故事和嫂子有什么关系吗？”等我讲完，Judy 迷惑地问我。

“还记得这块手表吗？”我从兜里掏出一块手表递给 Judy。

“记得呀！这不是那次嫂子出差送给你的礼物吗？”

我苦笑着抬起手腕示意给 Judy 看，张梅送的那块手表我还戴着呢，而现在 Judy 手里拿着的手表是我从“他”的手腕上摘下来的。

“你是说，在你出轨之前，嫂子就已经……”Judy 惊讶地看着我。

我痛苦地闭上眼睛。

这就是金城宾馆的故事。

也许张梅爱上过“他”，正如当初我爱上小琪一样，可是我们比世界上任何一个人都要清楚，其实在这期间，我们从来都没有真正地快乐过。

2013 年 10 月 24 日

“你寂寞吗？”

是的，请告诉我，你寂寞吗？

同样的问题，我曾经问过身边的几位女性朋友，诸位均已结婚数载，答案有各种尺寸。直爽型的供认不讳，腼腆型的欲言又止，文艺型的临窗幽叹，表情就好像刚刚吃了五步断肠散，“我不寂寞，因为有寂寞陪着姐。”

尤其值得一提的是，在这其中还有一位新婚燕尔的艳丽少妇，那天她至少被我逼问了五次，最后就在我打算要放弃时，一直死死盯着我沉默不语的她突然气运丹田，一声暴喝，犹如天降惊雷：“你知道我有多寂寞吗！”

积劳成疾型！

或许，我们每一个人都在寂寞着，我、你、他、张梅。

或者说，每个人都会寂寞的，今天、明天、后天、天天。

“我醉了，因为我寂寞；我寂寞，有谁来安慰我？”

来到小区的湖边，坐在车里反复地听着车载CD，我又看见了张梅。

一个多月以前，她就一个人静静地站在那里，抱肩对着湖水望眼欲穿、泪水涟涟，而她曾经最爱的老公同样也机械麻木地站在她的身后，他眼睁睁地看着自己曾经最爱的女人，却只剩下了垂头丧气、无动于衷……

我目不转睛地看着他们，我听见他们粗重的喘息，甚至闻到了空气里渐渐糜烂出一股腐烂的味道，我忍不住地捏住鼻子，原来那时他们竟然是如此的恐惧、如此的绝望，他们简直就是两个破罐子破摔的无赖，两个好吃懒做的无赖，于是接下来我看见他们一路铤而走险，一路打家劫舍，一路声嘶力竭。

“自从你离开我，那寂寞就伴着我……”

我们曾因寂寞而歌，亦曾为寂寞买醉。

是寂寞让你如此美丽？

还是寂寞让我丑陋不堪？

我背叛你，你背叛我。

这么多年，我们唇齿相依，却早已咫尺天涯。

这就是世界上最遥远的距离。

不是天涯海角，不是生死离别，而是我就站在你的身边，却从来都没有关心过你到底在想什么。

2013 年 12 月 25 日

家。

冰凉的铁门，惨淡的灯光，张梅无声无息地坐在沙发里，就像一尊色泽暗沉的雕塑。

茶几上摆放着几张 A4 纸和一支钢笔，看来张梅去意已决。我环顾四周，如同置身于一间暗房，那些曾经的欢歌笑语，那些曾经的惊喜尖叫，在硫代硫酸钠溶液中渐渐清晰起来，一张一张悬挂在四周的墙壁上，转瞬又漫过天花吊顶，似有万钧之力，势如泰山压顶。

这里可以是天堂，只要我为你而来。

这里也可以是地狱，只要你因我而变。

我慌忙地躲进卫生间，洗了一把脸，酝酿着该怎么跟张梅说。

这么多年，我一直固执地认为自己是孤独不堪，拿着望远镜寻找一切为自己的自私而解脱的借口，哀己不幸，怒其不争，可是我却从来都没有把张梅当作一个妻子，一个女人，甚至是一个人！

我以为，结婚以后一切都已尘埃落定，关上一扇门，你的就是我的，我的还是我的，这一辈子再也没有上诉的机会，但是这次张梅惊醒了我，原来这一切都是我们自己酿的果。

翻开以前的喋喋不休，又何尝不是她曾经的喋喋不休。

看看现在的泪如滂沱，又何尝不是她曾经的心如死灰。

我错了，我们都错了。

塞翁失马，亡羊补牢，这才是生活，才是我们苦苦寻觅的人生真谛。

“协议我已经写好了，我不要你的钱，我只要女儿的抚养权，如果你不同意的话，我已经请了律师，到时候我们只能法院见了。”张梅开门见山，面无表情。

“女儿给你，这个家也给你，什么都给你！”

“你什么意思？”

“我不同意离婚。“

“为什么？“

“我觉得我们可以重新来过。”

“吴迪，你不要再骗自己了。我负了你，你负了我，你觉得我们还能再回到过去？可能吗？我求求你，我们都不要再骗自己了！那些伤，那些恨，那些痛，你转身看看，它们就在你的身后，我们再也回不去了！”

“你真的决定了要离？”

张梅重重地点点头。

“好吧，我签字，不过我有一个条件。”

“你说吧。”

“还记得上次我们说过要来一次长途旅行吗？”

2013 年 12 月 26 日

该出发了。

走吧，走吧，给心找一个家。

我不是想去感化张梅，也不是想把命运交给上帝。

我只是想告诉她，将来无论结果如何，我们都不会后悔，因为至少我们已经给了自己一次此生不渝的旅行。

在这一趟时光长廊里，每一个街口都有一对形影不离的身影，他们的每一个选择都在等待着我们的回应，帮他们鼓掌叫好，为他们掩面哭泣，陪着他们走向属于自己的家。

次日清晨，一切安排妥当后我把机票递给张梅，她的眼泪开始打转，问我："你就不怕等不到我？"

我笑了笑："我只记得你说会在第一时间到达。"

"人都会慢慢改变的。"张梅无声地咧咧嘴角，迟疑半天后又长长地吁了一口气，说："谢谢你老吴，不管将来结果怎么样，我都想感谢你这么多年的陪伴，也谢谢你照顾我这么久。"

"你这是临别赠言还是托孤寄命？"

张梅"扑哧"一乐，说："那行，什么也不说了，走了啊！"

"等一下，我们有多长时间没有拥抱了？"我喊住了张梅。

快十年了吧，我紧紧地抱着张梅，把头埋在她的发丝里，她那熟悉的体香瞬间让我的世界变得异常清净起来，以至于分不清到底是谁的心跳在耳边轰鸣，我闭起眼睛，默默享受起这一片芬芳烂漫的世界，一如十三年前的那个夜晚。

月色如水，万物俱寂，天地一片银光。

“无论人怎么改变，拥抱永远不变。”我跟张梅耳语。

“……”

2013年12月31日

周迅说，李亚鹏满足了我对男人所有的幻想；刘烨说，我非谢娜不娶；姚晨说，最适合我的人是凌潇肃；文章说，我这辈子最骄傲的事情就是我的女人叫马伊琍，他还说，我的一生只有你！

是的，我的一生只有你……

那一生，太短。

这一夜，太长。

在这个世界上，总有一件事情会让我们在夜深人静时痛不欲生。

在这个世界上，总有那么一个人会让我们情不自禁时泪流满面。

天气晴暖，万物生长，唯有我们风干石化拒绝开花，总以为世界从此与己无关，你是你的累赘，我是我的鸡肋，翻越千山难越心中沙丘，阅尽万景越不穿自己的双眼，直到有一天突然惊醒，水波涟漪、彩蝶振翅，原来爱人就在身边，正如太阳照常升起，从未离开半步。

也许，从今夜开始，熄灯时该喝一杯牛奶，跟自己说一声，世界，晚安。

也许，敲开明天之前，收腹，提臀，10086：“芝麻，芝麻，请开门。”

还记得年少时的梦吗 / 像朵永远不凋零的花 / 陪我经过那风吹雨打 / 看世事无常 / 看沧桑变化 / 那些为爱所付出的代价 / 是永远都难忘的啊 / 所有真心的痴心的话 / 永在我心中 / 虽然已没有他 / 走吧走吧 / 人总要学着自己长大 / 走吧走吧 / 人生难免经历苦痛挣扎 / 走吧走吧 / 为自己的心找一个家 / 也曾伤心流泪 / 也曾黯然心碎 / 这是爱的代价……